双峰文丛

折得疏梅香满袖

叶兆言　著

山东画报出版社

目　录

乡关何处

　　少年时代背过些唐诗，大都有口无心，背了也就背了。不求甚解，反正那时候"文化大革命"，读唐诗是吃饱了撑着，没事找活解闷。其中有一句念念不忘，"日暮乡关何处是，烟波江上使人愁"，背得滚瓜烂熟，隐隐地有那么点愁意，始终想不太明白"乡关"是个什么东西。

　　柳永的一首词中，有"万水千山迷远近，

想乡关何处"，这个乡关，自然还是明目张胆从唐诗那里抄来，而唐诗中的乡关，又是更古代文人笔下的爱物。打起笔墨官司，这就是版权纠纷。唐诗宋词中有很多抄袭，好在古人不在乎这个，当然，也没办法在乎。

学问学问，最害怕别人问。有一天，突然有人问我，什么叫乡关，冷不丁把人给问傻了。答案就在嘴边，不敢轻易说出来。提问的穷追不舍，成心要看人笑话，我于是脱口而出，大大咧咧地说"乡关者，故乡也"。这是典型的望文生义，无知就胆大，胆大就可以乱说。没想到提问的这位反倒不吭声了，我心里不踏实，回家偷偷查字典，见了鬼，厚厚的书上也是这么说的。

辛亥革命前，少年毛泽东离开了家乡，出外闯荡。这是他人生历程的第一个重要转折，临行前，改写了一首诗，夹在父亲每天必看的账簿里。诗是这么改写的："孩儿立志出乡关，学不成名誓不还。埋骨何须桑梓地，人生无处不青山。"我不知道少年毛泽东是否知道乡关的本义，反正为了合辙押韵，只能是出"乡关"，而不是离"故乡"。

我们现在见到的这个"乡"是个简化字，字一被简化，就不太会去想它的本字。繁体字的"鄉"，还多少能看出一些古趣。根据甲骨文的造型，是两个人相向对坐，共食一簋。乡的本义是用酒食款待别人，在中国文化中，吃向来是个重要内容。民以食为天，离家万里，出门在外是吃，荣归故土，衣锦还乡大快朵颐，还是吃。为客黄金尽，还家白发新，就算是混得不好，穷困潦倒囊中羞涩，无颜见家乡父老，回到老宅里还得喝酒吃肉。

乡愁是个奢侈品，是文化人没出息的表现。唐诗宋词中，有一大堆乡愁。大丈夫马革裹尸还，真英雄豪情万丈。好男儿立志出乡关，不混出点名堂，绝不惨兮兮把家还。毛主席是真牛，"别梦依稀咒逝川，故园三十二年前"，诗虽然不缺乏文人情调，满眼乡愁，可是他老人家一离韶山，愣是三十多年不照面。这一点，一般俗人绝对做不到。大人物中，邓小平更厉害，据电视专题片介绍，他离开故乡，像诗仙李白那样沿长江而下，漂洋过海，去了法兰西，然后回国南走北闯东征西伐，最后做到了西南的封疆大吏，再最后是党和国家的最高领导人，仍然是没有回过生养他的故乡。

一生中最大遗憾，是没离开故乡。没离开，就谈不上归来，就谈不上乡愁。无家可归，不亦哀哉。没有乡愁，不亦憾哉。读唐诗宋词，读元人的小曲，读到关于乡愁的好句子，总有些淡淡悲凉。于右任《望大陆》中写道：葬我于高山之上兮，望我故乡；故乡不可见兮，永不能忘。这诗句深深打动了温家宝总理。为什么？因为写得好。为什么写得好？因为于老夫子离开了故乡大陆，一肚子乡愁。等是有家归未得，杜鹃休向耳边啼，难怪古人会说，欢愉之词难工，而愁苦之音易好也。

月有阴晴圆缺，人有悲欢离合，乡愁的大

前提，必须是背井离乡。余光中把乡愁比喻成一张邮票，比喻成一张船票，要是不狠狠心肠走出去，老死在自己的狗窝，撑死了也只能是玩玩集邮或收藏一沓老船票。一位来自乡村的朋友，说起自己老父亲无限感慨，老人家一把年纪，竟然为了变成城里人，兴奋得像个三岁小孩子。他没有文化人的远虑，对自己赖以为生的土地被开发商拿走了，毫无丧权失地之痛，对未来可能有的严重后果全然不顾。一位德国诗人说过，哲学就是怀着永恒的乡愁寻找家园。老人家不是哲学家，他完全被眼前的利益给蒙蔽了。儿子的童年梦想，是成为一名城里人，现在连老迈的父亲也是。

昔我往矣，杨柳依依；今我来思，雨雪霏霏。悲歌可以当哭，远望可以当归。城市化节奏越来越快，是好事，当然也不完全是好事。城市化使得更多的人背井离乡，使得充满诗意的乡愁，成了铸铁一般的事实。浩浩荡荡走出去，已成为历史发展的大趋势，客观地说，这不是件让人急得要跺脚的坏事。都说人挪活，树挪死，在眼下这个大时代里，好大的一棵树，从遥远的他乡搬移到大都市里来，都不一定是个死，更不用说战无不胜的人类。不妨想想，人的能耐有多大，不妨再想想，这世界各个角落，又有哪一处没有黑头发黄皮肤的中国人。

孤客一身千里外，未知归日是何年。不管怎么说，真能走到千里之外去，肯定还是个好兆头。在家则为虫，离家则为龙，湖南人毛泽东必须出湘，四川人邓小平一定要出川。伟人自有伟人的道理，为什么人和人会不一样，毛泽东能成为毛泽东，邓小平能成为邓小平，前提都是因为他们当年勇敢地走了出去。

说来说去，还是不太清楚伟人们的乡愁会是什么模样。伟人不是普通的平常人，可毕竟也是人。逢人渐觉乡音异，却恨莺声似故山，对大多数人而言，乡愁总是难免，思乡也是注定，回不回故乡都一样。人生之悲，莫过于无家可离，离不了家。其次才是无家可归，归不了家。也许，先潇洒地走遍天下，再带着些乡愁过年回家，这才是最普遍最令大家向往的人之常情。

2007年1月10日

江南，天堂和生态

　　江南给人的印象总是湿漉漉、绿油油的，弥漫着水汽，可是只要手头有个地球仪，像小学生那样用手指按着转一圈，就会发现在江南这道纬线上，很多地方都是沙漠。专家告诉我们，隆起的青藏高原挡住了什么风，于是美丽的江南有了今天。

　　生态这玩意无所谓好坏，适者生存，优胜劣

汰，今天说起某地的生态好或者不好，通常都是以人为本，夹杂着太多的人类观点。人既然有幸处在生物链的顶端，我们的评判难免自说自话，难免有点霸王条款。人说江南好地方，都这么说了，它就是个好地方。

在秦汉之前，江南并不是很好，天下分成九等，江南排在最后一位。那时候西部的人很牛，看不起东夷，北方人也很牛，眼里基本上没有南蛮。江南的生态并不怡人，杂草丛生，野兽乱跑，夏天残酷的热，冬天非常的冷，用蛮荒这两个字来形容一点都不过分。

时至今日，虽然空调已相当普及，每到严冬烈夏，江南人仍然叫苦不迭。江南能成为好地方完全得力于人工，汉人在北方失败了，狼狈地逃到江南，于是就大开发，北方的生产技术被引进，北方的生活方式开始流行。河流被整治，良田被开垦出来，东晋以后，江南开始富裕，开始越来越适合人居。江南的落后地位终于变了，大家不再轻视，不再觉得此地原始和野蛮。

说起一个地方的生态环境，首先是强调它的自然属性，但是我们的内心深处，还是忽略不了一个贫和富。因此生态说到底，既是自然的，也是非自然的，对人类来说，纯粹离开了人的生态并不存在。以苏州为例，我们心目中的那个"水陆相邻，河街并行"，这个良好的传统并不是天生，它显然得力于人工。宋朝时金兵大举入侵，把城市破坏得不成模样，苏州人索性推倒了重来，引水进城，有计划地开凿一条条河道，构成了非常完善的城市交通系统。太湖在城西，大海在城东，湖水潺潺东流，前街后河家家临水，从此便成了日常生活的情景。

把生态理解成适合人居无疑有些狭隘，不过自东晋开发江南以来，总体的路数还是和谐的。古人讲究天人合一，江南的发展虽然缓慢，这里的老百姓能安居乐业，似乎众口一词。人人尽说江南好，游人只合江南老，大家提到江南，都是一个好字，要不就是离不开一个富字。鱼米之乡也好，富得流油也好，在老百姓心目中，幸福指数首先还是一个温饱问题，有了这个，下一步才是享受和发展。春来南国花如绣，雨过西湖水似油，江南不只是风光秀丽，毕竟好看还不能当饭吃。

幸福的另一个重要指数是比较，别人饥寒交迫，自己还有点温饱，这就是最大的快乐。多少年来，江南一直以鱼米之乡自豪。江南人喜欢卖弄自己上缴的赋税，古人是这样，现代人还是这样，只不过把赋税改称为GDP。上有天堂，下有苏杭，江南人自恃富裕，永远也改变不了感觉良好的毛病。事实上，多少年来，江南一直存在着一个过度开发的隐患。此地是中央财政的支柱，自从有了大运河，江南的财富源源不断地被运往北方，如果大运河是中国古代交通的大动脉，那么流淌的便是江南的血浆。

江南人是天生的劳碌命，习惯可以成为自然，大家难得去仔细品味，为什么苏杭是天堂，这话究竟是什么人说的，又有什么样的深刻含义。对于中国的老百姓来说，"天堂"不仅仅是有多富庶，它还有一个更重要的衡量指标，这就是应该能够远离战乱。江南自古以来便是太平的年月居多，宋朝时期中原地区战事频繁，民不聊生，大批难民纷纷避祸南下，他们来到江南，看到一片和平景象，便产生了一种恍若来到天堂的感觉。苏杭像天堂最初正是出于难民之口，由此可见，这个谚语隐含的是一种辛酸和无奈。

开发永远是一把双刃剑，自东晋以来，由于生产力水平限制，江南的总体发展还不太能对生态造成致命的毁坏。没有必要过分地夸耀古代江南的繁华，事实上只要国泰民安，到处都可以成为天堂。而且仅以繁华二字看，古人和今人各有千秋，东南西北都有特长。今天的江南正在创造前所未有的经济奇迹，同时也以惊人的破坏力，迅速改变此地的生态环境。一方面，江南比过去更有钱更阔，另一方面，原有的小桥流水，原有的迷人风光，正一天天减少和消失。

身在福中不知福，天堂往往是别人眼里的感受。在现代人心中，逝去的江南永远是一个痛。不要说唐诗宋词，就是几十年前的江南，如今也已无迹可寻。工业化城市化彻底颠覆了鱼米之乡，大片的水田没了，那些翡翠一般的禾苗曾经是最好的湿地，在不经意间调节着江南湿热的空气。潮汐没了，河水不再流动，水面也不再有波澜，水污染触目惊心。农民兴高采烈地住进了小楼，房子一个劲地拆了盖，盖了拆，到处都是脏乱的工地。绿色的竹园基本上没了，成片的桑园没了，农村的概念眼见着就要不复存在。

也许江南的过去，并不是真正的天堂，但是今天的生态，正在不可逆转地恶化。江南人最勤奋，江南人最能吃苦，如果一味勤奋和吃苦，只是走向事物的另一面，这结果实在得不偿失。以人为本是社会发展的底线，也是我们必须要追求的终极目标。历史地看江南，因为人工，它变得美好，变得越来越人性化，而现在要做的，就是不能再人工地将它变得更糟，变得越来越不人性化。

2008年1月11日　南山

江南文脉

江南文人以才子著称，有才自然是好事，然而被称作才子，不一定都是表扬。人们常说文人无行，"无行"则是才子们的恶谥。民间老百姓眼里的才子大都属于唐伯虎一类，地主老财奸污丫环使女是恶霸行径，唐寅调戏秋香便是风流。文人无行的说法有一层宽宏大量的意思，好比说小孩子不懂事，偶尔闯祸捅些纰漏，不是什么了不得的大错误，用不了太当真。狗天生要吃屎，文人尤其是才高八斗的文人，似乎有干坏事的专利，有和女人调笑的特权。无情未必真豪杰，唯大英雄能本色，一头扎进脂粉堆里不出来，这样的江南文人可以找出很多。

放浪形骸似乎是中国文人的一个传统。难怪范仲淹在《岳阳楼记》中要振臂一呼，号召大家不要自说自话，胡乱找借口，要"居庙堂之高则忧其民，处江湖之远则忧其君"，人生无论是否得意，官场或进或退，都不能失其人文精神。风流得理直气壮，这是不对的。国家兴亡，匹夫有责，读书人一头栽在女人身上，整日风花雪月，儿女情长，结果便只有亡党亡国。

在六朝之前，江南并没有什么出色的文人，大文人没有，甚至小文人也不多见。江南仿佛小商品批发一样地出文人，这都是后来的事情。孔子孟子是北方人，庄子是北方人，古时候有名有姓的，差不多都是北方人。江南像样一些的文人最初也是北方人，永嘉南渡，大批士子拖儿带女，一下子全跑到江南来了。江南文化在一开始就是北方文化的缩影，因此，江南文人骨子里还是北方文人，这北方是失败的北方，是异族大举入侵时仓皇南逃的北方。

北方汉人逃往南方是迫不得已，那时候的江南，经济谈不上富庶，文化十分落后。南渡以后，北方文人成了南方文人。既然是失败的北方，就谈不上什么强秦雄视天下，也没有一点点西汉的恢弘广大，聊以自慰的一点魏晋风度，因为接二连三掉脑袋，迅速堕落变质，只剩下一些空谈和装疯卖傻。六朝虽然紧接着魏晋，在文风上看似一脉相承，然而骨子里其实就只有软弱两个字，史家所谓"气格卑弱"。南来诸人无所作为，唯一的发泄机会，便是在饮酒游宴时，面对良辰美景，哭着说："风景不殊，正自有山河之异！"

江南文人所继承的，正是这种颓败的北方文人的传统。古老的吴越文化，究竟什么样子，江南文人其实并不清楚。根据吴越争霸的态势看，春秋时期的吴人和越人，并不像后来那么柔弱，吴王夫差一度称雄为霸，越王句践卧薪尝胆。成者为王败者寇，越灭吴，楚亡越，秦始皇统一中国，江南的民风一变再变。都说是一方水土养一方人，而人是可以流动的，北方人来到南方变软弱了，这只是一个错觉，因为来南方之前的北方人，已经没有多少硬骨头。

苏东坡称赞韩愈"文起八代之衰"，在"唐宋八大家"中，没有一个江南文人。江南文人在六朝过足了文字游戏的瘾，骈四俪六，锦心绣口，一个个都成了花架子。"八代"之文未必像苏东坡说得那么衰，那么一无是处，说骈文中没有好文章，绝不是事实，但是骈文的路越走越窄，发展到后来，完全忽略了思想意义，只去堆砌华丽的辞藻，玩弄稀奇古怪的典故，音调声韵方面的限制越来越多，便一头钻进了死胡同。

江南文人在后来的隋唐以及北宋仍然没有太大作为，经济上，江南似乎再也不会萧条，已成了名副其实的鱼米之乡，但是文化上仍然不得不仰望北方。唐诗中不缺乏江南人，大诗人几乎和江南无缘。根据《中国大百科全书》的人名统计，唐朝人才分布的比例，排名前五的是陕西、河北、河南、山西、山东，江苏虽然排名第六，很多人才都是江北人，像徐州和海州，完全应该算作北方。同属江南重镇的浙江，竟然排名于甘肃之后，差不多只是排名第一的陕西的十分之一。

宋朝南迁和西晋东移，原因差不多，结果也有很多相似。都是失败的大逃亡，骨子里都缺钙，都有软骨病。江南文人似乎只有处在尴尬的地位上，才有大显身手的机会，而后人探讨"国民性"，检讨中国人的种种毛病，追溯其源头，大都喜欢从宋朝南迁开始。到本世纪三十年代，罗家伦在南京就任中央大学校长，在演说中提出了"诚，朴，雄，伟"的学风，所谓雄，是"要纠正中国民族自宋朝南渡以后的柔弱萎靡之风"，换句话说，就是要补钙，要治软骨病。

江南文人在南宋时期，并没有走六朝文人的老路，历史不可能简单重复。江南文人中，既出秦桧，也出陆游这样的爱国诗人。爱国诗成了江南文人创作的重要主题。南宋诚然无法和大唐相比，宋诗当然没有唐诗的雄浑，但是宋人用自己的脚，走出了新路。宋诗自有文学史上的独特地位，这一点，钱锺书先生的《宋诗选注·序》评价最为精确。南宋军事上算不上强大，文化艺术却不能不说厉害，宋词前无古人后无来者，音乐绘画都达到了前所未有的高度。江南文人此时已羽翼丰满，不是一句"江郎才尽"能轻易打发的。

宋以后的江南文人，差不多成了一支职业军团，能插上一脚的地方，都能见到江南文人忙碌的身影。官场上，有各种大大小小的俗吏，得志的和不得志的，挤成一团。风月场合，酒楼妓院，达客贵人的府上，富商的后花园，江南才子们大显身手。写诗，填词，玩小曲，画几笔文人画，编几出传奇剧，江南文人一个个都是才子，在家是有名的居士，出家是有名的高僧，而且天生适合帮闲的角色，做清客，做讼师，做幕僚，甚至做账房先生。

江南文人在明清两朝科举中如鱼得水，取得了骄人成就。江南出文人，首先表现在科举上。逐鹿中原，舞枪弄棒，这不是江南才子们的强项。才子的刀枪是手头的一支秃笔，这支笔未必能得天下，却可以捞个官做，混碗饭吃。学而优则仕导演了一场和平的战争，不流血，一样刀光剑影。明清两代，一是汉人统治，一是满人当权，就科举而言大同小异，是一丘之貉。江南文人成了应试的常胜将军，在明代，浙江和江苏能入《明史》的列传人物，占据了前两位，进士及第人数分获第一和第三，中状元的人数占第一第二。到了清朝，江浙两省势头更猛，尤其是江苏的苏南，已明显超出自宋明以来一直排名于前的浙江。清朝一共只有一百一十二个状元，苏南的仅苏州一府，就出了二十五人。

　　江南文人在考场上，证明了自己的价值，究其根源，还是和江南的经济繁荣分不开。经济是基础，有了这样的基础，读书人才有出头之日。然而经济基础和科举得意，并不能完全证明江南文人如何了不得。事实上，江南文人如果没有思想支撑，永远都是酒囊饭袋。

江南文人的黄金年代是明末清初，这一时期的大动乱，知识分子获得了统治阶级想管又暂时管不了的相对自由。这时候出现了顾炎武，出现了黄宗羲，明末清初的江南文人很会闹事，因为会闹，所以很热闹。清因明制，恢复了科举，江南文人从羞答答逐渐过渡到神采飞扬地走向考场。为出仕读书已经成了一剂毒药，这就是为什么明亡之后，会有那么多党人先投李自成的大顺军，继而又跑到清人那里去做官。官场的诱惑深深伤害了江南文人的灵气，有些人似乎也明白这种弊端，因此一味地清高起来，或寄情于山水，或闭门不出，两耳不闻窗外事，声色犬马，管他亡国不亡国。

明末清初的江南文人，或进或退，都有严重问题，进则厕身官场，结党营私同流合污，退则隐居江湖，逍遥逃避醉生梦死，江南文人始终找不到理想支柱，找不到精神上的最后寄托。当国家这部机器一步步失去控制，作为先进的知识分子群体，在这种历史性的崩溃面前，江南文人中的大多数不仅无能为力，更糟糕的是没有任何作为。为了保住自己可怜的脑袋，江南文人开始做起死学问，这是坏事，也是好事，做死学问的直接结果，就是造成了乾嘉学派的横空出世。在清代三百年的学术思想史中，江南文人又一次体现了人多的优势，平心而论，清朝的文化繁荣，可以和欧洲的文艺复兴相比美，清朝文章学术之盛，集中国几千年封建社会之大成，"汉唐以来，未有其比"，诗、词、小说、古文、小学、天算、地理、水利，都是前朝所不能比拟，而这种繁荣，江南文人功不可没。

江南女子

从西施说起

能叫出名字来的美女，而且还得成为正面形象，最早的也许就是西施。西施长得究竟如何，我一直很怀疑。我们都知道东施效颦这个成语，美是不能模仿的，不仅不能模仿，就算用笔来描述，也是一件十分困难的事情。古人用沉鱼落雁来形容女人的美丽，表面上看是个高招，其实也是黔驴技穷，想不出别的什么办法，不过是利用通感打马虎眼。轻而易举地就能找出一大堆表达美女的词儿，这些词儿再漂亮，只能是绕圈子，隔靴搔痒。巧笑倩兮，美目盼兮，翩若惊鸿，宛若游龙，宋玉在《登徒子好色赋》中写道：

> 增之一分则太长，减之一分则太短；著粉则太白，施朱则太赤；眉如翠羽，肌如白雪；腰如束素，齿如含贝；嫣然一笑，惑阳城，迷下蔡。

后来的文人写美女，不管大才小才，东扯西拉，基本上这个套路。清人在为《板桥杂记》作序时曾说：

> 传美人难于传英雄，英雄事业，如印版文字，易于点窜，美人之一笑一颦，一盼一睐，能倾堕城国，役使百灵。作者当搦管吮毫时，其精神已为美人之灵所摄，纵横卷舒，不能任意。子长能传楚霸王而

不能传虞姬，非子长到此才尽，实子长至此胆怯也。

江南女词人吴文璧也有类似的意思，她的《咏虞姬》仰天长叹，直逼李清照的《乌江》。李清照称赞霸王：

生当作人杰，
死亦为鬼雄。
至今思项羽，
不肯过江东。

吴文璧却为虞姬打抱不平：

大王固英雄，
姬亦奇女子。
惜哉太史公，
不纪美人死。

司马迁岂止是没纪虞姬之死，连活着的虞姬也没写。不写是因为太难写，以太史公的笔力，都感到困难，更何况后世不争气的文人。我们不知道虞姬是何方人氏，楚霸王没脸回江东老家，只能假设她也是江东同乡，应该算作江南女子。楚汉争雄，不论胜败，项羽刘邦注定写进历史，而虞姬只是轻轻地带过一笔。总算梅兰芳为虞姬做了些实事，《霸王别姬》成了梅派的保留剧目，虞姬因此也得到普及，可惜梅先生的眼睛太大，太亮，扮演的虞姬怎么看都不太像古典的美人。

西施之千古留名，表面上是因为她漂亮，实质上却是因为她的间谍生涯。西施是女间谍的鼻祖，是世界上美人计最成功的范例。据记载，西施到了吴国以后，一起得到吴王夫差宠爱的还有一位郑旦，吴王显然是很爱这两位来自越国的美女，以至于郑旦一直很内疚，觉得吴王如此爱她们，她们不应该背叛吴王，以怨报德。爱是没有国界的，然而西施的心肠似乎很硬，传奇小说上写她是那种有复国大志的女子，她的思想境界非常符合女英雄的身份。

让人百思不解的，是西施始终没有成为反面形象。从正史的角度看，西施是一个典型的女人祸水的故事，英雄难过美人关，尽管吴王夫差是一个很有男子气的君王，临了还是栽倒在西施的石榴裙下。有很多理由可以指责西施，背信弃义，搞阴谋，甚至还有第三者，但是情人眼里出西施，别人这么做不对，不可以，放在西施身上，就可以找出种种理由原谅。千百年来，人们对西施就是恨不起来。我一直不喜欢卧薪尝胆这个传说，如果是民主选举，我毫无疑问会投夫差一票。好男儿应该真枪真刀，越王句践为了麻痹吴王夫差，竟然不惜在吴王的宫里尝屎。这是一个想到就恶心的记忆，人即使忍辱负重，也不至于惨到这一步。失败的句践在吴王宫里当差，成天装孙子，吴王身体欠佳，句践当着吴王的面，尝了尝吴王屙的屎，讨好地说："大王身体很快就要好了，因为大王的屎有一股酸味，说明大王的消化系统正在恢复正常。"

究竟是因为句践吃了屎，还是因为西施在枕头边不断吹风，吴王夫差终于放虎归山，让句践重新回到已经被吴国灭亡的越国旧地。故事的结局大家都知道，西施的结局有很多种传说，十有八九都是悲剧。其中广为流传的是吴国灭亡之后，西施被装进皮口袋投入江中，为此，唐李商隐《景阳井》诗云：

> 肠断吴王宫外水，
> 浊泥独得葬西施。

另一位唐诗人皮日休，在《馆娃宫怀古》中也说：

> 不知水葬今何处，
> 溪月弯弯欲效颦。

林黛玉小姐在《红楼梦》中跟着凑热闹，饭

后无事，挑了历史上的几位大美人，一口气写了五首诗，打头的一首，便是吟西施的：

> 一代倾城逐浪花，
> 吴宫空自忆儿家。
> 效颦莫笑东村女，
> 头白溪边尚浣纱。

意思都差不多，有时候真闹不明白，人们喜欢和留恋西施，是由于她美丽动人，还是由于成功的事业，或者由于红颜薄命。名士青山，美人黄土，不同的人不同遭遇，便有不同的角度，表面上看，当然是因为爱美，爱美之心人人有之，然而往深处挖，可能又是因为事。人以事传，历史上的美人数不胜数，"英雄事业，如印版文字"，如果没有颠覆吴国的功勋，西施的故事也许根本就不复存在。四十年代与张爱玲齐名的女作家苏青在《论红颜薄命》中，曾不无幽默地写道：

譬如说吧，西施生长在苎萝村，天天浣纱，虽然有几个牧童、樵夫、渔翁等辈吃吃她豆腐，她的美名可能传扬开去到几十里以外的村庄吗？即使她有一天给挑水夫强奸了，经官动府起来，至多也不过一镇的人知道、一城的人知道足矣，哪里会名满公卿，流传百世，惹得文人骚客们吟咏不绝呢？

李白称赞西施"秀色掩古今，荷花羞玉颜"，这是泛泛的表扬，属于应景文章，倒是另一位唐诗人王维独具慧眼，颇有感叹地留下了这样的诗句：

谁怜越女颜如玉，
贫贱江头自浣纱。

西施所以成为西施，关键在于获得机遇，大丈夫成功立业，楼船一举风波静，江汉翻为雁鹜池，如果西施在吴越争霸中，不是扮演了那么吃重的角色，她不可能流芳百世。几千年来，有多少美丽的江南女子，默默无闻地在江边溪头浣纱。艳色天下重，西施宁久微？朝为越溪女，暮作吴宫妃。西施的高明之处，在于没有仅仅满足于富贵荣华，没有因为一时间改变了自己的贫贱身份，就忘乎所以，就高枕无忧。西施是道道地地的女英雄，是灭亡吴国的祸水，是复兴越国的功臣，人生一世，有时候非得狠狠地折腾一番，才能够有所作为，才能流芳百世或遗臭万年。树挪死，人挪活，假设西施一辈子老老实实在江边溪头浣纱，假设西施安安分分一直做吴王的宠妃，西施的故事肯定是一点味道也没有。

莫愁，莫愁

南京有个莫愁湖，旧称"南都第一名胜"，想不明白为什么会如此名重，有一种说法是莫愁湖因为莫愁姑娘得名，莫愁为绝代佳人，艳称古今。关于莫愁究竟是什么地方的女人，有多种说法。比较有趣的是两本考证书，一本是《金陵莫愁考》，另一本是《莫愁非妓辩》，不仅力证莫愁是南京的女人，而且强调她的出身，是好人家的女儿，绝非烟花贱质。凡事一当真就特别可笑，事实上，莫愁既然能有多种传说，正好说明不一定特指某一位女士，很可能是许多女子的化身，再说，就算莫愁是个歌妓，也没什么可以大惊小怪。清净荷花，污泥不染，婊子中不缺乏好女人，这是古今中外历史已经证明的事实。在文学作品中，妓女的形象不论国内国外，都不是太坏，不仅不坏，有时候甚至好得过分。旧时代的女子，想要留名后世，很不容易，除非真有西施那样的特殊运气，被选进皇宫，又干出一番大事，否则，最好的成名机会，也许就是当妓，有幸遇上那些风流文人，被写进文章或者诗歌之中，文章诗歌留了下来，于是这些女子也跟着流芳百世。

已故的张弦先生在越剧《莫愁女》中，将莫愁处理成悲剧人物，他将原本应该属于六朝的故事，移植到了明朝。七十年代末期，该剧十分成功，曾经连演一百多场，后来又拍成电视戏曲片，在南京影响很大。对于传说中的人物，怎么改编都可以，然而我不赞成将莫愁写得可怜巴巴的。中国老百姓胃口总是不停地变化，一会儿喜欢轻松的喜剧，一会儿又要看惨兮兮的悲剧，《莫愁女》中都是眼泪，许多人受戏的影响，已经快闹不明白"莫愁"这两个字究竟是什么意思。

莫愁莫愁，不知忧愁，古代美女取名莫愁，望文生义，显然是一位性格活泼可爱的姑娘。莫愁是一种姿态，我喜欢莫愁这两个字，它是和平年代风俗画中的重要点缀，传神地表现了古代江南女子的性格特征。历史上的莫愁不应该是多愁善感，莫愁是典型的江南少女，洋溢一种青春的气息，飘动着悠然自得的风采。古往今来，数不清的女孩子在江边溪头浣纱，毕竟只出了一位西施，大多数女孩子都过着平常的生活，平平静静地嫁人，生孩子，养儿育女。桃花流水在人世，武陵岂必皆神仙，莫愁莫愁，何愁之有。

把莫愁定位在江南女子身上，似乎有些自说自话。人世间有种种痛苦，生老病死，悲欢离合，莫愁岂能不愁，而且快乐也不能算是江南女子的专利，北方女子未必一天到晚都是愁眉苦脸。事情总是相比较而言，一般地说，由于黄河流域一直占据了中国文化的主导地位，男人们逐鹿中原，决战淮海，谁最终在黄河流域站稳了脚跟，谁就得到了天下，因此，发生在北方的战事，远远多于江南。北方为雄，南方是雌，北方为阳，南方是阴，北方是男性的天下，江南是女性的世界，气候温和的江南常常处于相对和平的环境里，北方打得死去活来，南方充其量也只是跟着"城头变幻大王旗"，谁赢了就给谁纳粮。对于老百姓来说，纳粮缴租反正是躲不过的事情，最恐惧的日子莫过于战争，只要能远离战乱，丰衣足食将不会成为问题。

　　已经很难确定吴越时代的模样，今天所能见到的文字材料，差不多都是魏晋南北朝以后。越灭了吴，自己很快也灭亡了，江南一度是楚国的天下。自楚以后，江南实际上都是由北方人控制，或者说，是由来自北方的人控制。西晋末年，在少数民族的压迫下，发生了中国历史上第一次大规模的南迁，大批北方人纷纷南下，于是有了南徐州、南通州、南豫州这些地名。南来之人不仅带来了北方的地名，而且改变了南方的民风，时到今日，江南人十有八九可以找到一位北方的祖宗。祖籍河南这是一种最常见的说法，古吴越人的后裔，早就被来自北方的汉人所淹没。来自北方的汉人似乎总摆脱不了战争失败的阴影，南方柔弱的民风，恰恰是这些失败的北人造成的。从不多的文字记载中可以找到这样一些信息，古吴越人英勇好战，且善于运用计谋。

元朝时的中国人分四个等级，蒙古人、色目人、汉人、南人，南人就是南方的汉人。南人受歧视由来已久，这种歧视更多的是来自北方的汉人。北方的汉人无论得天下为王，还是失天下降敌，似乎都有充分的理由骄傲。尤其是后者，先当一天奴才为大，而南人，用鲁迅先生的话来说，就是"为奴隶的资格因此就最浅"，浅了就活该被别人看不起。好在南人也不跟北人怄气，被人看不起也得做人，南人比北人勤劳，这是一个不争的事实。谚语有"苏常熟，天下足"，江南的富庶使得这里的人民安居乐业，热爱和平生活。纳粮缴租还真算不上什么大事，天下财赋，大都集中在东南一带，明清两代，赋税差不多都集中于太湖流域，据史料记载，康熙初年，直隶钱粮每年九十万两，福建湖广是一百二十万两，广西仅六万余两，而位于江南的苏州一府，每年就是一百八十万两，此外，还要另缴米麦豆一百零五万石，同样位于江南的松江一府，每年上缴六十三万两，米四十三万石。这些数据充分说明了江南的富裕，一府上缴国库的赋税，比一个省甚至几个省都多。江南成了中国粮仓和钱库，虽然鞭打了快牛，雁过拔毛，上缴了那么多的钱粮，江南仍然富得流油。世家富室集中在这一地区，这里的人口在明万历年间，已经占中国的六分之一。

暖风熏得游人醉，只把杭州当汴州，社会经济的繁荣，给了江南女子不用发愁的机会。上有天堂，下有苏杭，不愁吃，不愁穿，还有什么不满足的。一方水土养一方人，江南女子用不着帮男人打江山，刀光剑影，出生入死，她们的男人天生没有这样的胆子和机会。有得必有失，有失，也会有得，江南男人武不行，只好在笔墨上面做文章，江南女子至多也就是在和平年代里，红袖夜添香，伴夫婿读书，凭运气捞个状元夫人做做。王宝钏寒窑苦守的故事，注定和江南女子无关，忍辱负重，这不是江南女子的特长。

江南女子注定是《红楼梦》中的人物，是金陵十二钗，是金陵十二钗的副册和又副册，做小姐就是宝姐姐和林妹妹，当丫环便是晴雯和袭人。江南女子是为才子们准备好的佳人，江南女子是水做的骨肉，江南女子柔情蜜意，江南女子仿佛春天的彩蝶，是水中月，是镜中花。江南女子具有最快乐的天性，是美好生活的一部分，最适合居家过日子。江南女子生性不愁，生性不愁的江南女子待字闺中，就等着嫁一个好丈夫。

民间以娶江南女子为幸，贵为帝王，经常到江南来选妃，这不仅是江南女子国色天香，很重要的一个因素，是由于环境因素养成的好性格。明朝的第十一代皇帝嘉靖，登基十年没有龙子，于是便派人到江南来广求淑女。史料记载嘉靖十年选妃，选中的九个人中间，江南仅南京一地，就同时选上了三位美女，她们分别是方氏、郑氏和王氏。王氏被册为庄妃，生了太子载壑，方氏后来则升为皇后，即《明史》上记载的"孝烈皇后"。

铜雀春深锁二乔

三十年代的李四光先生，不仅是地理学家，对文学和历史也有着浓厚的兴趣。在一篇题为《中国周期性的内部冲突》文章中，他揭露了这样一个事实，中国历史以八百年为周期，每个周期都从短命而军事上十分强大的王朝开始，它把经过数百年的内部纷争的中国，重新统一起来，而后便是五百年的和平，中间经过一次改朝换代，接着又是一系列战乱，最后，首都从北方灰溜溜地迁往南方。

所谓南方动乱少安定多，只是相对而言。战争是阻挡不住的，战争对江南女子的伤害，丝毫不亚于北方女子。杜甫描写的"闻道杀人汉水上，妇女多在官军中"的悲惨景象，在美丽的江南并非难得一见。光是南京一个城市就可以举出很多例子，远的不说，往近里计算，日军占领南京时的大屠杀，辫帅张勋的复辟杀回南京，曾国藩的湘军攻占天京，太平军定都金陵，胜利者三日不封刀，杀人无数，每一次都给南京的妇女带来极大的伤害。

晚唐诗人杜牧的《赤壁》传唱古今，其中最著名的二句，是"东风不与周郎便，铜雀春深锁二乔"。后人对此颇不以为然，认为只是轻薄少年的戏语，是另一种不哭九庙哭女人。赤壁大战的意义，不仅保住了孙吴的政权，而且从此正式确立的三国鼎立的态势，倘若没有一场东风，火烧魏军，胜利的天平显然会向曹操倾斜。成者为王败者寇，魏军赢得胜利，顺江而下，何止是二乔被囚，结局将是国破家亡，生灵涂炭，仅仅两个小女人算什么。

二乔还真算不上小女人，大乔是孙权的嫂子，小乔是周瑜的老婆，这两个女人不保，孙吴政权还有什么戏可以唱。女人从来就是战争的直接受害者，大至帝王，小到平民百姓，一旦被征服，只好乖乖受污辱。仍然以南京为例，大乔小乔逃过了劫难，别的人可就没这份幸运，陈后主携着爱妃张丽华跳了井，井圈上留下了胭脂的痕渍，结果是被隋军从井里拉了出来，陈后主还被留了条狗命，张丽华作为亡国的祸水，被晋王即后来的隋炀帝杨广下令斩首，地点就在南京朱雀路上的四象桥边，美人头落，鲜血四溅。

更惨的是李后主的小周后，据记载，小周后貌美善舞，深得李后主宠爱。"小楼昨夜又东风，故国不堪回首月明中"，小周后被带到了北方，竟然被作为胜利者的宋太宗"强幸"。"强幸"就是强奸，就是理直气壮地干坏事，失败的皇后尚且如此，民间江南女子的悲惨遭遇不难想象。弱肉强食，富裕的江南从来就是北方强权觊觎的对象，遇到改朝换代，兵荒马乱，江南女子便成了砧板上的鱼肉，任人宰割。

顾炎武的《秋山二首》其中有这么几句：

一朝长平败，
伏尸遍岗峦。
北去三百舸，
舸舸好红颜。
吴口拥橐驼，
鸣笳入燕关。

向北驶去的大船，船上都是美貌的江南女子。船上装满了，就用骆驼和马车驮，胜利者得意洋洋地吹着胡笳。对于"吴口"，顾炎武先生作了自注，语出《晋书·慕容超载记》："使送吴口千人。"所谓吴口，即位于江南的吴地子女。这一惨景几乎是历史的重复，元好问《癸巳五月三日北渡三首》第一首是这样写的：

> 道旁僵卧满累囚，
> 过去旃车似水流。
> 红粉哭随回鹘马，
> 为谁一步一回头。

战乱毁坏了江南平静祥和的生活，土匪冲进大观园，秀才遇到兵，金陵十二钗们的结局会如何，真不知如何设想才好。"马边悬男头，马后载妇女"，胜利者兽性大发，为所欲为，什么样的事情都可能发生，什么样的事情都已经发生。《嘉定屠城纪略》留下了这样的证据：

> 妇女寝陋者，一见辄杀。大家闺秀及民间妇女有美色者，皆生掳。白昼宣淫。

不从者钉其两手于板，乃逼淫之。嘉定风俗雅重妇节，惨死无数。

我们的史书记载中，总喜欢强调异族入侵造成的伤害，其实我们汉人中，不是东西的也不在少数。曾国藩和太平军之间的较量，江南人民身受其害，太平军来，为害一次，曾国藩的湘军来，又为害一次。至于拉大旗作虎皮，助纣为虐，以汉奸的身份祸国殃民，更是可以找出一大堆败类，清兵入侵江南，原明朝徐州总兵李成栋降敌，转身成为急先锋。事后，仅他小子一人，用了三百艘大船，才运走他所掠的女子和玉帛，这是地地道道的发国难财。

除了战争，在和平的岁月里，江南女子有时候也会成为家族的牺牲者，那些名门闺秀贵夫人，往往会因为父亲或丈夫获罪，从社会的上层一下子跌到最底层。看旧时书籍，常有满门抄斩之说，按现在的理解，总以为是一家大小，不分男女，统统杀头拉倒，其实不是这样，要斩只斩男丁，女的却留下来，送入教坊，或给人为奴。黄云眉《明史考证》引云：

> 洪武三十五年十二月二十四日，教坊司右韶舞安政等，于奉天门题奏：有毛大芳妻张氏年六十，病故。奉旨，锦衣卫分付上元县抬去门外，着狗吃了，钦此。

故事发生的地点就在南京，根据金性尧先生考证，"洪武三十五年"应为"二十五年"之误，因为朱元璋只做了三十一年的皇帝。这位张氏大约是洪武初年进教坊的，原来显然是大户人家的贵夫人，否则死就死了，完全用不着向皇帝汇报。如果不是因为丈夫获罪，很可能是《红楼梦》中贾母一类的人物。俞平伯先生曾在故宫里见过朱元璋的谕旨，随手记了两条，看了之后，让人哭笑不得：

> 洪武二十六年二月十九日，锦衣卫百户

郝进传奉圣旨：蓝总兵通着军前卫指挥千户百户总旗小旗造反，凌迟了。着王那里差的当人同郝进去，将会宁侯并他的儿子都凌迟了，家人成丁的也废了，妇女与晋府配军。马匹多时，牵两三匹回来，其余的交在晋府。家产解来京城，来东胜马匹多。好生机密！着那里不要出号令。钦此。

奇文共赏，朱元璋真是潇洒，之乎者也说不来，也不硬鹦鹉学舌，反正他老人家是皇帝，想怎么说，就怎么说，大白话就大白话。朱元璋没文化，他的儿子明成祖也好不到哪里去。在学问方面，明朝的汉人皇帝，还真不能和清朝的满人皇帝相比。明太祖蓝玉案株连一万五千余人，明成祖杀方孝孺，夷其九族，还不过瘾，又杀师友一族，硬凑足十族之数，丝毫不比其父逊色。鲁迅先生《且介亭杂文·病后杂谈》也曾提到明成祖如何对付建文帝的旧臣：

景清剥皮，铁铉油炸，他的两个女儿则发付教坊，叫她们做婊子。

根据《明史》记载，景清不但被灭族，而且"转相攀染"，到处牵连，所谓瓜蔓抄，结果整个村庄成了废墟。送入教坊，用今天的话来说，就是送到妓院。教坊是国营的妓院，可不是人待的地方，《教坊录》有这样的记录：

永乐十一年正月十一日，本司右韶舞邓诚等，于右顺门里口奏：有奸恶齐泰的姐，并两个外甥媳妇，又有黄子澄四个妇人，每一日一夜，二十条汉子守着，年小的都怀身，节除夜生了个小龟子。又有三岁的女儿，奉钦依由他，小的长到大，便是摇钱的树儿。又奏黄子澄的妻，生一个小厮，如今十岁也。又有史家，有铁铉家个小妮子，奉钦依都由他。

二十条汉子守着，是轮奸的意思，这种惩罚
骇人听闻，奸后生了孩子，还得继续受罪。邓之
诚《骨董琐记》曾引《南京法司记》上一段文字
更为离奇：

> 永乐二年十二月，教坊司题卓敬女杨
> 奴、牛景妻刘氏，合无照依谢升妻韩氏例，
> 送淇国公转营奸宿。

教坊已经不是人待的地方，可是上面提到的
两位，连入教坊资格都不够，是地位太低，还是
年老色衰，不得而知。送出去"转营奸宿"，荒
唐得近乎离谱。明朝开国的两位皇帝身上，显然
太多的流氓气，惩罚别人也是刁钻古怪。在这方
面，敢于到处题字留诗的康熙乾隆，要有文化得
多。清政府为了巩固自己的统治，对汉人采取了
铁腕手段，动辄杀头，流放充军，妻女为奴，但
是好歹还有些规矩，还有个《大清律》作幌子，
即使手段同样恶劣，在措辞上也文雅一些，之乎

者也不会用错，那种过分粗鄙的话，起码不像康熙和乾隆的口吻。不过，如果以为清朝皇帝会手软，就大错特错，权力这玩意永远带着血腥气，顺者昌，逆者亡，亘古不变，康熙年间的丁介曾写过这样的诗句，刻划清统治者的铁血政策：

南国佳人多塞北，
中原名士半辽阳。

天知道有多少美丽的江南女子流落到了塞北。宁国府荣国府一旦被查抄，金陵十二钗们不管正册副册又副册，只能是花落人亡两不知。什么金枝玉叶，什么国色天香，到时候都乖乖地落在一身汗臭的焦大手上。不管是明朝还是清朝，被流放的江南女子受的罪都差不多。北国天寒地冻，南国佳人赤着脚，穿着极薄的单衣，破冰汲水，这样悲惨的景象，常常可以在文人笔记中见到。红颜未必薄命，然而美丽的女孩遭受不幸，的确更容易引起人们的同情。

二十四桥仍在，往事不堪回首，江南女子真到了这一步，只能听从命运的安排，除了抬起头看看南飞的大雁，也别无良策。

秦淮八艳

秦淮八艳是文人性错位的产物。中国的文人爱国通常有两种表现，一路是自托美人，最典型的便是屈大夫，不但用美人香草自喻，而且是位遭遗弃的妇人。路漫漫其修远兮，吾将上下而求索。初读《离骚》的时候，我总是不明白他为什么要这样哀怨。李商隐的"神女生涯原是梦，小姑居处犹无郎"，有专家已经考证，这里的"神女"和"小姑"，实是诗人自况，换句通俗的话说，就是男扮女装。

另一路是一头扎进脂粉堆，整日流连在青楼，逮着几位中意的妓女，不管三七二十一，穷吹猛捧。清初的余怀在《板桥杂记·自序》中，曾为自己的这种行为辩护，有人责怪他，说：

"天下兴亡多少事，可歌可泣的太多，为什么你专写妓女，专门为妓女做传？"余怀默然听着，然后笑而回答："此即一代之兴衰，千秋之感慨所系也！"

前些年，秦淮八艳红火过一阵，香港大老板揣着大把钞票，想在内地投拍电视连续剧。妓女戏当然是极好的题材，票房有保证，老百姓爱看，女演员愿意演。报纸上屡屡有"再现一代名妓"的字样，看了心里总有些别扭，风流不忘爱国，这好歹也是中国文人的传统，但是今天中国的文化人，较之明末清初的文人，真不知差千里万里，于才于德，都远得离谱。我在《南京女人》中谈到过"秦淮八艳"，有两段可以全盘照抄：

秦淮八艳有别于历史上的其他美人，也许在于她们不像中国历史上其他的美人那样，专门是为帝王准备的。她们不承担亡国祸水的罪名，在爱情方面，她们享有较别人更多的自由。她们有选择的权利。换句话说，一般的男人可以爱她们，她们也可以爱上一个普通的男人。秦淮八艳和西施相比，和赵飞燕相比，和武则天相比，更多一些平民百姓的人情味。当然，秦淮八艳的真正意义，关键在于她们有不做亡国奴的骨气，在于她们很好的文化素养和不同凡响的政治见识。外在的美可遇，内在的美难求，时穷节乃现，只有到了国破家亡的最后关头，才能看得出一个人的节操。

秦淮八艳是一面镜子，桃花扇底看前朝，通过这八位不同凡响的风尘风子，人们看到的是中国文化的颓败，是中国男性知识分子的虚伪和装腔作势。像钱牧斋和侯方域，都是名重一时的大才子，这些才子都是先虽高调，最终却失节投机，走到他们平日所鼓吹的理想的反面去了，爬得太高，摔得就重。倒是秦淮河边的八位小女子，轰轰烈烈地唱了一曲正气歌，活活羞煞男子汉大丈夫。

享有六朝金粉之誉的南京，说起名妓，不计其数，可是人们偏偏对秦淮八艳念念不忘，重要原因不是好色，而是感伤。商女不知亡国恨，隔江犹唱后庭花，盛世里真没有必要大谈秦淮八艳，历史上有两个时期，秦淮八艳常常被人津津乐道，一是明末清初，亡国了，清政府在军事上取得了绝对的胜利，在文化思想上，还没有开始文字狱，明遗民复国无望，便到妓院去寻找红粉知己，到女人国里去爱国，于是有了《板桥杂记》，于是有了《桃花扇》。也许清政府故意暂时给汉族士子一个发泄的机会，在妓女身上翻不了天，《板桥杂记》和《桃花扇》里文字，真要是顶起真来，杀头灭族完全可能。

抗日战争爆发前后，晚明史掀起一股热朝，譬如柳亚子和阿英，在当时都是不遗余力地收藏这方面的史料。亡国似乎已经迫在眉睫，知识分子们又想起了昔日秦淮河边的妓女，像《葛嫩娘》等差不多已成为抗战文学的一部分。世界上从来就没有无缘无故的爱和恨，如果仅仅是因为妓女戏有人爱看，拍了能赚钱，这样的电视连续剧注定不会有什么生命力。并不是说在今天就不能谈论秦淮八艳，要害是以什么样的姿态来谈。隔江犹唱后庭花，不仅仅是商女不知亡国之恨，那些听唱的人同样在醉生梦死。

江南女子的艳名，有一大半是娼妓造成的。在封建社会里，良家妇女好端端地在家待着，旧时文人的笔墨很难落到她们的身上。文人笔下的女人，写自己老婆的，大都只是悼亡之作，许多著名的爱情诗，对象往往是娼妓。旧式的包办婚姻，给了文人一个在妓女身上用情的机会，因为婚姻既然不是爱情的产物，男人到婚姻之外去寻找知音，也就不足为奇。《西厢记》里写大家闺秀，私订终身后花园，在贾母看来，是那些没见过世面的穷文人的杜撰，是在纸上凭想象吃富家小姐豆腐。大户人家的后花园和菜园子是两回事，只要看看《红楼梦》中的环境描写，就不难体会贾母为什么会有这样的观点。

秦淮八艳除了反映一种爱国精神之外，客观

地说，也折射出江南繁荣昌盛的事实真相。既然南方不能成为中国的政治中心，由于经济文化的高速发展，这里自然而然地成了才子佳人大显身手的场所。说起来可笑，秦淮河边一家连着一家的妓院，和妓院连锁配套的一系列服务项目，都跟科举制度紧密相关。秦淮河边的夫子庙，是江南最大的孔庙，山东曲阜和各地祭祀孔子的庙宇都尊为孔庙或文庙，独有南京戏称为夫子庙。夫子庙旁边，是江南贡院的所在地，贡院就是考场，所谓"贡"，大约是准备贡献人才的意思。在"明经取士"和"为国求贤"的幌子下，江南读书人汇聚于此，考上考不上，都有充分的理由寻花问柳，考上了，春风得意马蹄疾，一日看尽长安花，考不上，黄金白璧买歌笑，一醉累月轻王侯。

究竟是因为事实如此，还是因为无聊文人的过度渲染，江南女子留给后人很多想象空间。从文人的笔墨里，我们见到了太多的江南风尘女子，仿佛整个江南就是一个浮华地温柔乡，仿佛此地的大多数女子没别的事可做，都在从事卖笑生涯。有人做了小曲来比较南北妓女的不同：

　　门前一阵车马过，灰场。那里有踏花归去马蹄香？

　　棉袄棉裙棉裤子，膀胀。那里有佳人夜试薄罗裳？

　　生葱生蒜生韭菜，腌脏。那里有夜深私语口脂香？

　　开口便唱冤家的，歪腔。那里有春风一曲杜韦娘？

　　开宴空喝烧刀子，难当。那里有兰陵美酒郁金香？

　　头上鬏髻高尺二，蛮娘。那里有高髻云鬟宫样妆？

　　行云行雨在何方，土炕。那里有鸳鸯夜宿销金帐？

　　五钱一两等头昂，便忘。那里有嫁得刘郎胜阮郎？

难怪北方人要笑话南方的男人没出息。大丈夫不能马上杀敌，马革裹尸，只能写些无聊的小文章打油诗，从这个意义上来说，江南才子真不是什么好的称呼。同样的道理，江南的佳人也很难树贞节牌坊。有什么样的需求，便会有什么样的供给，难怪江南会出秦淮八艳，难怪秦淮八艳琴棋书画都会一点，历史上的扬州曾以盛产为纳妾买婢准备的"瘦马"闻名，清人章大来《后甲集》上说：

> 扬州人多买贫家小女子，教以笔札歌舞，长即卖为人婢妾，多至千金，名曰"瘦马"。

扬州虽处江北，由于紧挨着江边，很多风气其实是和江南相通的。"瘦马"之名始于扬州，在江南早就广为效仿。很多文章在谈到当年的妓女时，盛夸其有文化有品味，殊不知这种文化品味饱含着历史沧桑，浸透了血和泪。秦淮八艳作为江南娼妓的出色代表，不过是人肉买卖的产物，或许都有过类似当"瘦马"的经历，是地道的科班出身，最起码也经过速成和短训班的训练培养，她们后来脱颖而出，成为佼佼者，成为同类中的精英，声名远传，"四方之士争一识面为荣"，门前车水马龙，最终还是摆脱不了红颜薄命的厄运。

英雄还让女儿占

一九〇四年春，秋瑾女士去日本，在一个三等舱里，一位日本友人向她索诗，并给她看日俄战争地图，其时，日俄之战正在我国东北进行，无能的清政府借口中立，任由两强相争，大片国土成了战场，白山黑水之间，无辜的中国居民血流成河，秋瑾看着地图，泪飞如雨，挥笔写了一首诗：

万里乘风去复来，
只身东海挟春雷。

忍看图画移颜色，
肯使江山付劫灰。
浊酒难销忧国泪，
救时应仗出群才。
拼将十万头颅血，
须把乾坤力挽回。

　　秋瑾女侠是江南女子中的亮色，仿佛在一片翠绿中，终于有了一朵鲜艳的红花。人们的印象中，南方是一片温柔的土地，南方人是软弱的象征，男人不刚，女子怯弱，英雄志士在这里落魄销魂，柔弱的封建帝王在这偏安亡国。江南的气候环境似乎更容易出后主，孙权之后，有吴后主孙皓，以后又有陈后主和李后主，都是大名鼎鼎，活生生地成为北方人的笑料。历史上有名的亡国皇帝，大都出在南方。南方意味着顺从，南方意味着屈服，南方就是失败。

　　然而什么事都有例外，面对北方的强大，南方从来没有真正地顺从和屈服过。虽然在南北对抗中，北方总是占着上风，南方并不是没有一点作为。祖逖北伐，中流击楫，发誓说："不收复中原，绝不回头。"风萧萧兮易水寒，壮士一去不复还。以后又有明朱元璋的北伐，有国民政府的北伐，这几次北伐，都是以少胜多，以弱胜强，以恢复汉族统治而告结束。其实，北方的汉人真没什么可以骄傲的资本，南方的种种坏毛病，差不多都是已失败的北方带来的。在更北方或西北的少数民族压迫下，北方的汉人统治土崩瓦解，哗啦啦如大厦倾，于是仓皇南逃，匆匆迁都，于是有了东晋，有了南宋，有了南明。南方小朝廷骨子里的软弱，早在北方时就已经种下了。

美丽富裕的江南，不仅成了北方士族的收容站，最后又成为恢复汉族统治的根据地。江南女子不只是风花雪月，江南女子也有黄钟大吕。秋瑾是西施精神上的传人，"莫道男儿尽豪侠，英雄还让女儿占"，这是王金发称赞秋瑾之辞。一个秋瑾，足以改变人们对江南女子的传统看法。

作为一个女人，秋瑾既能吟词赋诗，也能"闺装愿尔换吴钩"，"协力同心驱满奴"。她显然是个急性子，"瓜分惨祸依眉睫，呼告徒劳费齿牙"，要干就得立刻干，并且取义成仁，她牺牲的时候，实际年龄只有三十一岁，在她英勇就义三年之后，清政府终于被她的同志们推翻了。

江南人自有其性格刚烈的一面，仍以浙江人举例，在国民党的高级军事将领中，浙籍军官占了相当的比例，这里不能排除蒋委员长喜欢当同乡会长的嫌疑，但是浙江人喜欢闯天下，富于冒险和开拓精神，却是众所周知的事实。在浙籍军官中，不缺乏能征善战的骁将，譬如陈诚，譬如胡宗南，譬如汤恩伯，在抗日战争中的作用，不能一笔抹杀。值得一提的，同样是南方人同样能征善战的湖南人，正好可以作为浙江人的一种补充。人们印象中，南方人在军事上打不过北方人，以本世纪的战绩来看，并不是这样。

刚柔相济，柔能克刚。以柔克刚历来是南方人的强项，而江南女子似乎更擅长此道。早在几千年前，老子就曾经说过："天下莫柔弱于水，而攻坚者莫之能胜，以其无以易之。"风靡江南的越剧，靠的就是软绵绵的唱腔。一九二三年，第一个女子越剧戏班在嵊县成立，当时叫"文武戏班"，戏班成立几个月后，由班主带着闯荡大上海。在此之前，越剧还只是叫"绍兴文戏"，被命名为越剧是后来的事情，那时候都是由男人来演唱的，女子戏班到了上海，请早就在上海滩站住脚跟的大哥哥们高抬贵手，给她们一个出头机会。唱绍兴文戏的大哥哥们做梦也不会想到，这些来自家乡的小妹妹，看上去是那么柔弱和没见过世面，日后会彻底打碎他们的饭碗。

女子越剧最终称霸艺坛，这是以柔克刚的最好范例。刚开始，女子越剧惨淡经营，从草台戏班转移到正式的舞台上，多少还有些不适应。观众也只是些中下层的绍兴人，譬如纱厂的女工，偶尔有几个穿长衫的先生来听戏，总是先在楼下东张西望一番，仿佛做了什么不体面的事情，就怕被别人看到。功夫不负有心人，经过一番努力，不折不挠的小妹妹硬是学会了大哥哥的拿手戏，又不断创新，逐渐形成别具一格的越剧新腔。等到抗战爆发，江浙人士纷纷涌入上海租界避难，也不过十几年的工夫，女子越剧轰动了上海，不仅把男班阿哥们杀得黯然失色，而且男班阿哥们很快偃旗息鼓，退出江湖。

从此女子越剧一统天下，到了四十年代初，上海日夜演出越剧两场的戏园竟有四十余家，每天的观众人次，已经超过了誉为国剧的京剧。越剧再也不是下里巴人的东西，据史料记载，一九三八年除夕，在上海凤阳路的通商剧场，以头牌花旦姚水娟主演的《倪凤扇茶》，因其扮相俊秀，眉黛生情，唱腔甜润入味，引来了满堂喝彩，掌声经久不息。演出结束后，有个同乡人送了一只花篮祝贺演出成功，这是越剧历史上第一只象征荣誉的花篮，以后送花篮一度非常流行，成为典型海派意味的捧场，只要是名牌越剧演员登场，演出结束的时候，台前的花篮将多得放不下。

吴侬软语和都市女郎

吴侬软语是江南女子的特征，在过去，最有韵味的吴方言是苏州话。吴语是汉语中的一个重要语系，现在，大家心目中，最能代表吴方言的已经是上海话。很多江南人去北方，不管是苏州人，还是杭州人，北方人听起来似乎都差不多，都觉得说的是上海话。

生活在吴语系的江南人，明白自己的语言有许多不同。俗语有"宁听苏州人吵架，不听宁波人说话"，虽然都属于吴方言，苏州话好听，一度几乎成了定评。由于帝国主义的入侵，有了租界，西风吹进来，上海成了中国最繁华的所在地。自从太平天国起义，战乱不断，江南富商纷纷涌入租界避难。史料证明，租界的繁华是中国的有钱人自己堆出来的，外国人不过是坐收渔利。二十世纪初，上海滩也差不多成了妓女的天下，来自全国以及世界各地的风

尘女子，都到此地来淘金。看晚清小说，妓女
中最有身份的，仍然是操吴侬软语的江南女子，
那时候，最时髦的腔调，是带些苏州口音的上
海话。聪明的妓女想在上海滩混，第一件事就
是抓紧时间练习这种语言。

赛金花晚年和别人谈起自己的身世时，对
人心不古颇有感叹。比较了过去和现在接客方
式的不同，她抱怨时下的妓女没有文化，太直
截了当，一见面就搂搂抱抱。回顾赛金花的一
生，确有值得骄傲的资本，这位江南女子见过
很多世面，自从在苏州下海以后，她不仅走南
闯北，而且一度从良，成了公使夫人留洋国外。
后来又二进宫，成为京城炙手可热的名妓，她
最出风头的年代义和团大闹北京，由于见多识
广，会几句洋泾浜外语，据说和八国联军的总
司令关系十分火热，且做了几件实实在在的好
事，至于他们之间是否有肉体关系，历来是小
报文人喋喋不休的话题。

用文化来评价妓女，和用色相谈论作家一样

荒唐。在妓女身上寻找文化难免可笑，曾经见过一首赛金花的诗，还真不知说什么：

> 含情不忍诉琵琶，
> 几度低头掠鬓鸦。
> 多谢山东韩主席，
> 肯持重币赏残花。

　　韩复榘当山东省主席的时候，赛金花早已年老色衰，潦倒穷途，诗写得不好也不坏，一个老妓女的形象跃然纸上。首句中的"琵琶"用典，让人联想起白居易的《琵琶行》中"千呼万唤始出来，犹抱琵琶半遮面"的老妓，后两句便不太像话，仿佛棉袄的罩衫太短，粗陋的内容全露了出来。对于旧时妓女是否有文化，还是那句话，千万不要当真，我们今天能见到的历代名媛诗选，有很多都是无聊文人的代笔，那些所谓出自名妓之手的诗词，十有八九靠不住。这就好比别以为林黛玉薛宝钗真能写诗，能写的其实是曹雪芹。像李清照这样的才女毕竟太少，女子无才便是德，旧式的教育思路阻碍了女子在文学上面的正常发展。

不过，赛金花今不如昔的观点，也有几分道理，因为老派人眼里，过去的东西都美好，都正确，都是样板和规范。对于江南女子的看法，同样如此。我们总是可以听到太多的对时尚女性的批评，不仅满脑袋旧思想的人士感到不适应，那些具有进步思想的年轻人也感到格格不入。五四前后，出生于苏州的俞平伯先生给朋友写信时，痛斥上海是一个让人堕落的地方，妓女成群，骗子横行，俞先生对几千年来家乡引以为自豪的繁华，进行了言辞激烈的抨击，他为当时的年轻人开的一张治病药方，就是坚决离开上海，越早越好。

历史的发展从来不以人的意志为转移，繁华让人堕落，无数能人志士在这消沉，在这毁灭，但是灯红酒绿的繁华不仅没有受到丝毫妨碍，而且如火如荼，越来越生机勃勃。上海逐渐成为江南的代言人，江南的时尚终于以这座城市为代表。上海意味着时髦，新潮，洋派，东方明珠，冒险家的乐园，意味着一系列流行的新词汇，它既位于江南之冠，又绝对领先国内。吴姬越娃这些常常出现在古曲诗词的字眼已经老掉牙了，天堂之下的苏杭再也不新鲜，上海从一个小渔村转眼之间变作暴发户，成为东方的国际化大都市。吴侬软语依旧，夹了些洋泾浜的外语词汇，乡下妹子一个个都成了现代都市女郎。

江南在二十世纪中，发生了翻天覆地的变化，城市人口迅速扩大，农村居民急剧减少，今天富庶的江南，也让传统意义上的江南女子跟着改变。西施莫愁和秦淮八艳，由于故事太过遥远，和她们已经没什么关系。今天的时髦江南女子，一个个都是活生生的都市女郎，年轻俊美，充满活力，她们涂着鲜红的口红，把头发染成各种可能的颜色，坐在摩托车后面，搂着情人的腰，小巧的坤包里放着BP机或最新款式的手机。最新潮的江南女孩，和广州女孩北京女孩没有任何区别。江南女子的个性特征正在消失，或者说已经消失，时髦的女孩差不多都成了标准件。

　　女子的地区特征消失，是社会发展的必然趋势。江南女子很快就会成为一种历史概念，成为中国传统文化的一部分。世界只是一个地球村，小小的江南被淹没，自然在情理之中。江南正越来越城市化，农村包围城市的说法将不复存在，城乡区别再也不能以贫富来衡量。江南繁华的小城镇，富裕的县级市，完全改变了旧有的城市概念。到处都是卡拉OK，到处宾馆酒楼，到处都可以洗桑拿打保龄球。大城市有的，县城肯定有，县城里有了，小镇上也会有。只要有钱，到哪都一样。只要有钱，吃快餐，吃肯德基吃麦当劳，吃粤菜吃重庆火锅，想吃什么都有，要什么样的服务，就有什么样的服务。江南女子将为清一色的都市女郎所代替，乡下妹子不久的将来，注定会在江南消失，那时候的乡下妹子，是那种"妹妹坐船头，哥哥在岸上走"的带有表演性质的妹妹，只是打情骂俏时的一种临时称呼。

甚至连吴侬软语最终也将消失，人人尽说江南好，游人只合江南老，时代不同了，江南女子四处流动，漂泊随缘，南来而北往，东去日本，西征美国，闯荡澳大利亚，定居加拿大。若干年后，不一定人人都说英语，但是上海人见面就说上海话的习惯，肯定会大为改观。事实上，今日的上海话，已经有吴语普通话的意思。这是一个趋向大同的时代，江南女子和北国女子，包括和外国女子之间的差异，将越来越缩小。江南女子已不再柔弱，不但可以踢足球打排球，而且在国家队当绝对主力。

未来的世界里，江南女子无所不能。苏东坡给王荆公写过一首诗，其中有两句绝佳，可以拿来作为这篇文章的结尾：

细看造物初无物，
春到江南花自开。

1999年9月4日　碧树园

江南文人

"江南才子"

刚写了一篇不短的文字谈江南的女性，自古才子佳人，天生一对，地造一双，说完江南佳人，意犹未尽，索性继续嚼舌，顺藤摸瓜，谈谈江南的文人。江南文人以才子著称，有才自然是好事，然而被称作才子，不一定都是表扬。人们常说文人无行，"无行"则是才子们的恶谥。民间老百姓眼里的才子，大都属于唐伯虎一类，地主老财奸污丫环使女，是恶霸行径，唐寅调戏秋香，便是风流。文人无行的说法，有一层宽宏大量的意思，好比说小孩子不懂事，偶尔闯祸捅些纰漏，不是什么了不得的大错误，用不了太当真。狗天生要吃屎，文人尤其是才高八斗的文人，似乎有干坏事的专利，有和女人调笑的特权。无情未必真豪杰，唯大英雄能本色，一头扎进脂粉堆里不出来，这样的江南文人可以找出很多。

在中国古代社会，真正官场上混迹，搁哪朝哪代，吃喝嫖赌几样德行，公开的嫖是不能沾的。传说中，明清两代皇帝，都有秘密访问妓院的记录，而且还留下杨梅大疮的疑案。再往前看，宋代的徽宗和妓女李师师相好，并由此打翻了醋坛子，利用职权报复有着共同嗜好的嫖客。这些传说的基础，都建立在皇帝不该去妓院的游戏规则之上，都说明皇帝嫖妓不符合公理，是例外。皇帝可以有三宫六院，寻花问柳就有失行为规范。与此相反，那位引起徽宗醋意的周邦彦则不同，周是浙江杭州人，是标准的江南才子，徽宗时为徽猷阁待制，提举大晟府，用今天的话来说，所谓大晟府只是个音乐机关，算不上什么什么几品大员。俗话说，无官一身轻，周邦彦才华出众，能填一手好词，而且精工妍丽，格律谨严，被称为"词家之冠"。他的词多半是写给女孩子，这些女孩子又多半是妓女，皇帝去妓院是邪门，周邦彦流连平章是正道，恰巧体现了才子本色。要怪也只能怪皇帝跑错地方，在妓女的香巢中，正在鬼混的周邦彦风闻徽宗微服私访，来不及跑，吓得只好躲在床肚下。有没有看到皇帝与妓女做爱，且不去细究，窥探和知道皇上的隐私同样也是大罪，据说周邦彦一生不得志，重要原因就在这里。

如果民间故事都可以当真，传说都是写实，名妓李师师一定在徽宗的枕头边，说了不少动听的好话，要不然徽宗心里的疙瘩永远解不开，岂止是不让周邦彦做官，要杀他跟杀只鸡一样。风流必有代价，这代价可能是原因，也可能是结果。

古往今来，失意文人总是占着大多数，人生不得意者十有八九，既然失意，便找到了充分堕落的借口。文人本来就不太拘小节，考场名落孙山，官场小人陷害，于是"解心累于末迹，聊优游以娱老"。李白明明失意，却做出得意的样子说：

> 我本楚狂人，
> 凤歌笑孔丘。

黄庭坚一生坎坷，在《鹧鸪天》也做出这种佯狂模样：

> 身健在，且加餐，
> 舞裙歌板尽情欢。
> 黄花白发相牵挽，
> 会与时人冷眼看。

放浪形骸似乎是中国文人的一个传统。难怪范仲淹在《岳阳楼记》中，要振臂一呼，号召大家不要自说自话，胡乱找借口，要"居庙堂之高则忧其民，处江湖之远则忧其君"，人生无论是否得意，官场或进或退，都不能失其人文精神。风流得理直气壮，这是不对的。国家兴亡，匹夫有责，读书人一头栽在女人身上，整日风花雪月，儿女情长，结果便只有亡党亡国。

人之初，性本善；性相近，习相远。根据老祖宗的教导，人类身上的种种坏毛病，都是后天造成的，循乎理者则为贤，纵乎欲者则为不肖。人能够纵乎"欲"，似乎又是对性本善的讽刺。清朝的袁枚是浙江人，他来到南京做官，做了几任县太爷，突然对官场失去兴趣，便在南京的小仓山买了一块地，修了随园。他身上的那点才子气，可谓发挥到了极致，别人是因为不得志，所以醇酒美人，落魄才当名士，官场失意才消沉，袁枚则不然，他的自供状很幽默：

不作公卿，非无福命只缘懒；
难成仙佛，又爱文章又爱花。

真是一个活脱的江南才子写照。袁才子的意思，当才子就当才子，用不到这样那样的借口。中国文人的立足点，从来是在做官这一点上，写诗作词，琴棋书画，都是业余爱好。只有当了官，才能算修得正果，要不然，都是不务正业，都是旁门左道，后人以古人的文章好坏，来看文人的成就大小，古人却不是这样，虽然写文章立言，也是件重要的事情，但是和立功立德这样的大是大非相比，已经远在其次。至于立功立德如何衡量如何判断，最简单的办法，就是看能做多大的官。袁枚也算是名重一时的人物，有《小仓山房集》，有《随园诗话》，还有《子不语》，但是在馆阁诸公的眼里，仍然是野狐禅，算不得文化人的楷模。

"风流教主"袁枚

唐伯虎是世人眼里的风流才子，袁枚则是士大夫心目中的花花公子，他修建了名震江南的

"随园"，好得连皇帝都眼红。乾隆下江南，曾专门派人去他家描图，以便回京修皇家园林时参考。袁枚有一大帮的姨太太，这还不过瘾，妙在还有一大群跟着学写诗的女弟子，所谓"素女三千人，乱笑含春风"。浩浩荡荡的江南才子大军里，似乎只有袁枚配得上"风流教主"的雅号，他活的时候轻松快活，死了也没被戮尸，查禁著作。有名的江南文人十有八九没什么好结果，轻则罢官解职，重便流放掉脑袋，这是名重一时的江南文人常见的结局，而袁枚则以善终让人羡慕不已。

袁枚选择南京定居，有一个重要的理由，是"爱住金陵为六朝"。魏晋风度历来是江南才子们仿效的样板，是精神上的源头。事实上，六朝之前，江南并没有什么出色的文人，大文人没有，甚至小文人也不多见。江南仿佛小商品批发一样的出文人，这都是后来的事情。孔子孟子是北方人，庄子是北方人，古时候有名有姓的，差不多都是北方人。老子的籍贯有争论，其中一个观点说他是楚人，江南虽然也曾经是楚地，那是被楚国征服以后的事，和老子的楚仍然挨不上。楚人中有出息的文人屈原和宋玉，同样与江南无关。

江南像样一些的文人最初都是北方人，永嘉南渡，大批士子拖儿带女，一下子全跑到江南来了。江南文化在一开始就是北方文化的缩影，因此，江南文人骨子里还是北方文人，这北方是失败的北方，是异族大举入侵时仓皇南逃的北方。北方汉人逃往南方是迫不得已，那时候的江南，经济谈不上富庶，文化十分落后。在骄傲的北方人眼里，江南地广人稀，饭稻羹鱼，或火耕而水耨，虽然地势饶食，无饥馑之患，但是一个个都是天生的懒鬼。北方的汉人移居南方，真是委屈了他们，是不得已而为之，南蛮鴂舌之人，很长一段时间里，不入北人的法眼。

都说魏晋时期，文学开始自觉，读一读《世说新语》，便一切都明白。这是一个文人辈出的年代，既有建安七子，又有正始名士和竹林名士，这些辉煌的人和事，其实都发生在北方。建安七子的孔融被曹操杀了，正始名士中，三位主将除王弼二十多岁早死，余下的两位也被司马懿所杀，竹林名士有七贤，嵇康被砍了脑袋，一杀再杀又杀，留下一条性命的，只好老老实实地学乖。在那个特定时代里，学乖最好的办法是装糊涂，于是就吃五石散，一种和毒品差不多的药，吃下去，浑身会发热，甚至发狂，产生奇异的幻觉，见了苍蝇，也要拔出剑去追。要不就喝酒，猛喝，一个个都成了酒徒，成天醉醺醺说酒话，司马昭想和阮籍结成儿女亲家，阮籍一醉两个月，硬把这场婚事躲了过去。

南渡以后，北方的文人成了南方的文人。既然是失败的北方，此时就谈不上什么强秦雄视天下，也没有一点点西汉的恢弘广大，聊以自慰的一点魏晋风度，因为接二连三掉脑袋，此时迅速堕落变质，只剩下一些空谈和装疯卖傻。六朝虽然紧接着魏晋，在文风上看似一脉相承，然而骨子里其实就只有软弱两个字，史家所谓"气格卑弱"。西晋已经亡了，南来诸人无所作为，唯一的发泄机会，便是在饮酒游宴时，面对良辰美景，哭着说："风景不殊，正自有山河之异！"这类伤感的话可怜兮兮，结果便是让大家流眼泪，哇啦哇啦一起哭。

江南文人所继承的，正是这种颓败的北方文人的传统。古老的吴越文化，究竟什么样子，江南文人其实并不清楚。根据吴越争霸的态势看，春秋时期的吴人和越人，并不像后来那么柔弱，吴王夫差一度称雄为霸，越王句践卧薪尝胆，都有过可歌可泣的历史。成者为王败者寇，越灭吴，楚亡越，秦始皇统一中国，江南的民风一变再变。都说是一方水土养一方人，而人是可以流动的，北方人来到南方变软弱了，这是一个错觉，因为来南方之前的北方人，已经没有多少硬骨头。鲁迅先生《魏晋风度及文章与药及酒之关系》，是谈及魏晋时期最有趣的一篇文章，他在文章中引用了刘勰的话：

嵇康师心以遣论，阮籍使气以命诗。

嵇康师心掉了脑袋，阮籍也就不敢再使气，而师心和使气恰是魏晋风度的精华所在。南渡的北方文人，把盛行一时的老庄玄学，带到了南方，既然干涉政治会掉脑袋，那么空谈喝酒和装疯卖傻的种子，便会南方湿润的空气中，生根发芽，蓬勃发展，并结出丰硕的成果。六朝人物紧接着魏晋，然而魏晋风度中的精华已不复存在。"大抵南朝多旷达，可怜东晋最风流"，旷达和风流既可以是好辞，也可能有贬义，总之一句话，北方文人是因，江南文人是果，江南的文人其实是为北方文人枉担了骂名。

江南文人常常挨骂，有其活该的一面。在魏晋时，文人们大约还是佯狂，南渡以后，越来越不像话，到后来，索性就真的破罐子破摔，不想好了。阮籍在北方的时候，喝酒归喝酒，毕竟写出一些像样的文章，《晋书》上说他"博览群书，尤好庄老"：

籍本有济世志，属魏晋之际，天下多故，名士少有全者，籍由是不与世事，遂酣饮为常。

到了六朝时期，江南文人喝酒不输给阮籍，荒唐和放纵有过之而无不及，写文章，差不多一篇像样的东西也写不出来。在《魏晋风度及文章与药及酒之关系》一文中，鲁迅曾以很生动的文字写道：

因为他们的名位大，一般的人们就学起来，而所学的无非是表面，他们实在的内心，却不知道。因为只学他们的皮毛，于是社会上便很多了没意思的空谈和饮酒。许多人只会无端的空谈和饮酒，无力办事，也就影响到政治上，弄得玩"空城计"，毫无实际了。在文学上也这样，嵇康阮籍的纵酒，是也能做文章的，后来到东晋，空谈和饮酒的遗风还在，而万言的大文如嵇阮之作，却没有了。

东晋时的王孝伯曾担任过刺史，不算太小的官，但是这位老兄读书太少，又不熟悉用兵，光知道空谈和笃信佛教，结果在战乱中被杀。这么一个活宝，《世说新语·任诞篇》上，却留有他大言不惭的语录：

名士不必须有奇才，但使得常无事，痛饮酒，熟读《离骚》，便可称名士。

南渡前后，江南发生了翻天覆地的变化，这里既然是北方人征服的领域，在文化上，拼命向北方看齐便是必然的事情。江南的文人只不过是继承和发扬光大了北方文化人的名士传统，事实上，早在南渡之前，北方文化已先一步地大举南下，东汉灭亡以后，江南民风向北方学习已经蔚然成风。当时的江南士族，都卷着舌头学习洛阳话，结果南腔北调，反而制造出一种很怪的杂交方言。北方人的习俗，成了江南人追求的时髦，人有时候就这么贱，北方人越看不上南方人，南方越不自信，越巴结北方的文化。亲眼目睹这种变化的葛洪，在《抱朴子》中以"居丧"为例，说明江南如何受北方影响。吴国之风俗，人死了，往往丧过于哀，换句话说，非常讲究形式主义，很把死人当回事，晋室东迁以后，南来诸人把魏晋名士的放诞带了来，于是"居丧不居丧位"，停尸期间照样"美食大饮"，比北方的还要不像话。随着时间的发展推移，江南名士的放荡不羁，任诞空灵，与魏晋相比，处处有过之无不及，差不多成了日后才子们的标签。

唐宋时期的江南文人

六朝时期是江南文人大领风骚的年代，这一段的文学史，江南文人撑足了场面。苏东坡称赞韩愈"文起八代之衰"，我一直没闹明白，所谓"八代"，究竟是哪八代，反正软弱的六朝逃脱不了干系。江南文人出了几百年的风头，终于被人逮住机会好生收拾，口诛笔伐，揍得鼻青脸肿。代表人物是唐宋八大家，他们提倡古文，反对骈文，矛头直指六朝文风。这八大家对后世的影响极大，只要看看最流行的《古文观止》，数一数那里面所选的文章篇目，便可以知道厉害。

唐宋八大家中，没有一个江南文人。江南文人在六朝，过足了文字游戏的瘾，骈四俪六，锦心绣口，一个个都成了花架子。"八代"之文未必像苏东坡说得那么衰，那么一无是处，说骈文中没有好文章，绝不是事实，但是骈文的路越走越窄，发展到后来，完全忽略了思想意义，只去堆砌华丽的辞藻，玩弄稀奇古怪的典故，音调声韵方面的限制越来越多，便一头钻进了死胡同。

政治上，江南在此时已失去了领导地位。隋朝的建立，标志着黄河流域的汉人重新一统天下。六朝的都城南京，被隋文帝下令放火烧掉，江南的政治文化中心地位，转眼间灰飞烟灭。从统治者角度出发，既然黄河文化的地位已经确定，具有挑战意味的长江文化，便是一种不安定因素，必须扼制和制裁。走向末路的六朝文学传统，在隋唐遭到痛击，这是历史必然，然而作为一种文学传统的影响，却仍然贯穿了整个唐朝。韩愈和柳宗元的古文，并没有一下子就扭转了骈文的地位，韩柳在当时的影响和地位，远不如后来。他们只是开始，古文运动真正成为气候，还得等到北宋，到欧阳修、王安石以及苏氏三杰手里，这才轰轰烈烈，从此逐渐称霸文坛，一直熬到五四新文化运动。

江南文人在隋唐以及北宋，实在没有什么太大的作为。经济上，江南似乎再也不会萧条，已成了名副其实的鱼米之乡，但是文化上又不得不仰望北方。唐诗中并不缺乏江南人，大诗人几乎和江南无缘。根据《中国大百科全书》的人名统计，唐朝人才分布的比例，排名前五的是陕西、河北、河南、山西、山东，江苏虽然排名第六，其实是中间包含苏北的缘故，像徐州，完全应该算作北方。至于浙江，竟然排名于甘肃之后，差不多只是排名第一的陕西的十分之一。这个统计数据，和六朝之前的两汉大致差不多。历史绕了一个圈子，又回到了原来的起点上。

北宋的人才，自然还是黄河流域占上风。排名前几位的是河南、河北、山西、山东，唐时的老大哥陕西开始衰落，已落到长江流域的省份如江苏、四川、浙江、江西之后。值得指出的，是到了北宋期间，江西的文人迅速崛起，在人数和成就两方面，都实实在在超过了江南。唐宋八大家中，除了韩柳和苏氏三杰，余下的三位江西人，像欧阳修、王安石，都是文坛领袖级别的人物，曾巩名气虽然稍弱一点，但是他的文笔简洁锋利，像《越州鉴湖图序》，也是不可多得的好文章。古文之外，黄庭坚不仅字写得好，他开创的江西诗派风行一时，晏殊和他儿子晏几道的词，是南宋词创作大繁荣的先声。

江西文人的崛起，似乎是一个明显信号，这就是政治中心仍然还在北方，由于经济的原因，文化中心已经向长江流域倾斜。江西文人加上江南文人岭南文人，已是一股不可小觑的力量。随着北宋的崩溃，南宋定都杭州，汉文化的中心又一次完全转移到南方。江南文人扬眉吐气的日子终于来了，有人对《宋史》中的儒林人物进行统计，浙江一跃为首，遥遥领先于其他各省。不仅是儒林，当宰相的，写词的，绘画的，都是第一。

三十年河东，三十年河西，宋朝南迁，和西晋东移，原因差不多，结果也有很多相似，都是失败的大逃亡，骨子里都缺钙，都有软骨病。江南文人似乎只有处在尴尬的地位上，才有大显身手的机会，而后人探讨"国民性"，检讨中国人的种种毛病，追溯其源头，大都喜欢从宋朝南迁开始。到二十世纪三十年代，罗家伦在南京就任中央大学校长，在演说中，提出了"诚、朴、雄、伟"的学风，所谓雄，是"要纠正中国民族自宋朝南渡以后的柔弱萎靡之风"，换句话说，就是要补钙，要治软骨病。

江南文人在南宋时期，并没有走六朝文人的老路，历史不可能简单重复。江南文人中，既出秦桧，也出陆游这样的爱国诗人。爱国诗成了江南文人创作的重要主题。南宋诚然无法和大唐相比，宋诗当然没有唐诗的雄浑，但是宋人用自己的脚，走出了新路。宋诗自有文学史上的独特地位，这一点，钱锺书先生的《宋诗选注·序》评价最为精确。南宋军事上算不上强大，文化艺术却不能不说厉害，宋词前无古人后无来者，音乐绘画都达到了前所未有的高度。江南文人此时已羽翼丰满，不是一句"江郎才尽"能轻易打发的。

宋以后的江南文人，差不多成了一支职业军团。能插上一脚的地方，都能见到江南文人忙碌的身影。官场上，有各种大大小小的俗吏，得志的和不得志的，挤成一团。风月场合，酒楼妓院，达官贵人的府上，富商的后花园，江南才子们大显身手。写诗，填词，玩小曲，画几笔文人画，编几出传奇剧，江南文人一个个都是才子，在家是有名的居士，出家是有名的高僧，而且天生适合帮闲的角色，做清客，做讼师，做幕僚，甚至做账房先生。

按照唐宋八大家的思路，江南文人大都不能及格。然而江南的文人实在太多，真正继承唐宋八大家衣钵的传人，仍然出在江南。明朝的归有光、唐顺之，为维护古文运动的正宗地位，不懈努力，终于成了地道的八大家弟子，成为后来风行一时的桐城派的师宗。他们不仅在维护上立下了汗马功劳，在八股文方面，也成为一代俊豪。我对八股文没什么深入了解，只知道归唐的八股文写得很漂亮。古文名家中，许多都是八股文的高手，八股文和骈文一样，似乎也不该一笔抹杀。

　　归有光和唐顺之是江南文人中很不错的代表，他们把唐宋八大家的文章，抬到了吓人的高度。就影响而论，八大家只是后劲大，是因为不断地有人吹喇叭抬轿子，才逐渐成为气候，其实在当时也就那么回事，完全不像后人标榜的那样。古人的包装和今天不太相同，那时有时间差，弄不好要隔好几百年。韩愈在世的时候，并没有几个人说他的文章好，他的地位是隔了一个朝代的欧阳修和苏东坡硬捧出来的。

即便这样，韩愈文章的高度也不是一步到位，在明初的文坛，"文必秦汉，诗必盛唐"，此时要说八大家的散文好，绝对会得一个没文化的罪名。"唐宋八大家"如雷贯耳，成为中国古代散文的正宗，这是后来的事情，是归有光唐顺之他们闹的结果。

我一度对归有光很入迷，对《项脊轩志》和《寒花葬志》百读不厌，那时候还不知道他是八股文高手，只知道考场并不得意，很大年纪才考上举人，以后玩命考进士，可怜考了八次，也没考上，于是赌气不考了。倒是他的弟子在科场很得意，福星高照，一考一个准，归有光在文坛上有那么大的名，似乎也和那些得意弟子有关。师出名门这是个惯例，水涨船高，师徒之间可以相互照耀，相互沾光。我因为归有光的关系，才去读八大家的散文，读了八大家，再读《史记》，已经是拜访老师的老师。按师承关系去读书，有时候是一件很有趣的事情，钱锺书先生曾举过一个著名的例子，如果喜欢鸡蛋，没必要去研究下蛋的母鸡，可是人有时候就喜欢做没必要的劳动。

江南文人丰富多样，自古文人都是要相争的，派系观念因此很强，无论抬高还是贬低，都免不了意气用事。好在江南文人人数众多，宋以后的历次文学运动，差不多都能插上一脚，占些位置。事实上，真正能把文人集合起来的也许只是科举，文风是一回事，诗歌流派是一回事，考场这一关谁也逃脱不了。考试让人到了同一起跑线上，大家不得不对是否金榜题名心服口服，科举是文人的唯一出路，是否有功名便成了衡量一个人成就的绝对标准。这标准横行了几百年，辛亥革命推翻了封建王朝，遗老们谈起革命党来，有两个江南文人的印象总算不太坏，一个是蔡元培，另一个是吴稚辉，印象不坏的原因是这两位有举人的头衔，是有功名的人。

江南文人在明清两朝科举中，如鱼得水，取得了骄人成就。江南出文人，首先表现在科举上。逐鹿中原，舞枪弄棒，这不是江南才子们的强项。才子的刀枪是手头的一支秃笔，这支笔未必能得天下，却可以捞个官做，混碗饭吃。学而优则仕导演了一场和平的战争，不流血，一样刀光剑影。《儒林外史》第一回"说楔子敷陈大义，借名流隐括全文"中，王冕一边喝酒，一边指着天上的星对人说："你看贯索犯文昌，一代文人有厄。"贯索和文昌是两个不同的星座，贯索有九颗星，象征牢狱，文昌有六颗星，如半月形，被认为是主持文运，贯索犯了文昌，天下的文人便要倒霉。王冕说的厄运就是科举，他听到这消息，第一个反应是要坏事，因此不无担心地预测："这个法却定的不好，将来读书人既有此一条荣身之路，把那文行出处都看轻了。"

明清两代，一是汉人统治，一是满人当权，就科举而言，大同小异，是一丘之貉。江南文人成了应试的常胜将军，在明代，浙江和江苏能入《明史》的列传人物，占据了前两位，进士及第人数分获第一和第三，中状元的人数占第一第二。到了清朝，江浙两省势头更猛，尤其是江苏的苏南，已明显超出自宋明以来一直排名于前的浙江。清朝一共只有一百一十二个状元，苏南的仅苏州一府，就出了二十五人，而这二十五人，又恰好是江苏状元人数的一半，如果再加上浙江的状元，成就便更可观。

状元如此，进士及第更是大把大把地抓。江南文人在考场上，证明了自己的价值，就其根源，还是和江南的经济繁荣分不开。经济是基础，有了这样的基础，读书人才有出头之日。然而经济基础和科举得意，并不能完全证明江南文人如何了不得。事实上，江南文人如果没有思想支撑，永远都是酒囊饭袋。

明清之际的江南文人

明清之际，江南文人数量上占有绝对优势，就其品质而言，江南文人能让后人立为楷模的并不太多。科举制度从明朝开始步入极端，一部《儒林外史》便是最好的记录。明太祖朱元璋和他的儿子明成祖，政治上是一流好手，对待知识分子，总有点格格不入。或许是出身的缘故，这两位大明的皇帝，最容不得文人的傲气，作为天子，他们喜怒无常，拿文人当人时，"金樽相共吟"，不当人，说翻脸就翻脸，动辄"白刃不相饶"。明初著名的诗人高启，因为两句"小犬隔花空吠影，夜深宫禁有谁来"，引起朱元璋的猜疑而被腰斩。另一位名气不太大的诗人，在谢明太祖赐食的诗中，写了几句"金盘苏合来殊域，玉碗醍醐出上方"，"自惭无德颂陶唐"，其中一个"殊"字，被拆解成"歹朱"无德，于是推出斩首。

明成祖杀文人比其父更狠更残忍，方孝孺一案，株连九族，为了方孝孺曾说过一句"即便是株连十族又何妨"，于是朱棣为成全一个"十"，又滥杀了方孝孺的学生。在统治者高压政策下，无权无势的儒生寒士，只能噤若寒蝉，无所作为。从大趋势上看，江南文人的黄金年代是明末清初，这一时期的大动乱，知识分子获得了统治阶级想管，又暂时管不了的相对自由。这时候出现了顾炎武，出现了黄宗羲，明末清初的江南文人很会闹事，因为会闹，所以很热闹。以江南文人为主体的东林党，借着反对阉党起家，经过一次次的党锢，终于在晚明时成了气候。

东林党人第一次有组织地体现了江南文人的力量。晚明的士风，不外乎两条道路，一是醉生梦死，腐化堕落，以出世态度远离官场，所谓张岱的"好精舍，好美婢，好娈童，好鲜衣，好美食，好骏马，好华灯，好烟火，好梨园，好鼓吹，好古董，好花鸟，兼以茶淫橘虐，书蠹诗魔"，在这一条路上，出现了写和读《金瓶梅》的文人。另一条路是入世，读书致用，学而优则仕，前有东林，后有复社，崇祯年间，复社成员曾在南京苏州两地碰头多次，根据当时留下的与会名单，共有两千二十五人参加了聚会。这么大的规模，似乎也可以作为资本主义的萌芽来考察，同志一词，也就是在那时开始流行起来，"出处患难，同时同志"，复社雅聚的直接目的，是为了制止阉党余孽的猖狂进攻，这一目的，当时确实已经达到。在晚明，东林和复社俨然成为革命组织，江南文人皆以是组织中人引为自豪。

　　江南文人在明末清初这一特定历史阶段，表现得很暧昧。大敌当前，亡国差不多已成事实，无论是阉党还是复社，党争代替了团结一致御寇，涉嫌报复成了一种公开的手段。《桃花扇》以戏曲的形式，记载了当时的尖锐冲突，失势的阮大铖乞图讨好复社成员侯方域，结果遭到了李香君的怒斥。和江南文人相浮相沉的秦淮八艳，旗帜鲜明地站在反对阉党的一边，这种冲突导致了阮大铖后来对复社成员的残酷迫害。清军入关以后，一度处于劣势的阉党余孽马士英和阮大铖，一度把持了南明小朝廷，为了排除异己，马阮之辈借口复社中有人参加过大顺农民军，因此制造了"顺案"。国家都到了这一步，还是闹，临了真把国家给闹亡了。

　　亡国了，何去何从，大是大非，活生生地就摆在面前。虽然结果证明，所有的抵抗都是徒劳，仍然有一些江南文人参加了抵抗运动。黄淳耀和侯峒坚守嘉定，陈子龙和夏允彝起兵松江，顾炎武和吴其沆在昆山举事，仅仅从军事的角度出发，这些抵抗无济于事。秀才碰到兵，有理说不清，亡羊补牢已经来不及，但是江南文人表现出的这种姿态，怎么说也是一个亮点。可惜这些亮点稍纵即逝，接下来的表现便太令人失望。明亡于清是中国历史上的大事，对于清帝国来说，它不过是摘了一个熟透了的桃子，是水到渠成，顺理成章。明朝的统治阶级自毁长城，自己挖了自己的墙角，阉党弄权，党争不断，江南文人以及整个中国文人的颓废倾向，饥荒遍地，农民起义此起彼伏，于是好端端的汉人天下，落到了满人手里。撇开狭隘的汉民族正统观念，明亡于清其实是历史进步。晚明是一个无法收拾的烂摊子，以亡国的必然性而言，明朝的崩溃在劫难逃。大声疾呼"国家兴亡，匹夫有责"的顾炎武，虽然提出了警告，似乎也没有起到多大作用。

　　有亡国，有亡天下。亡国与亡天下奚辨？曰易姓改号，谓之亡国；仁义充塞而至于率兽食人，人之相食，谓之亡天下。

……是故保天下，然后知保其国。保国者，其君其臣，肉食谋之；保天下者，匹夫之贱，均与有责焉耳。

对于后人来说，明亡于清，有两点痛心疾首，对于老百姓，连年战乱，家破人亡妻离子散，天下已亡，国何以堪。对于知识分子，除了普通老百姓的痛楚之外，还有一个逐渐丧失思想自由的过程。明末清初的江南文人，思想十分活跃，明朝亡了，思想自由的惯性仍然存在，清政府在一开始，对江南文人多少有些放纵，和明朝初年的两位皇帝相比，清初的几位皇帝肚子里更有文化，虽然是满人，他们的汉学基础以及对传统文化的认识，要比朱姓皇帝高明不知多少。正是因为高明，一旦着手收拾江南文人，一下子就能置于死地。

用不着苛求江南文人的亡国责任，要检讨的只是江南文人身上固有的软骨病，这种软骨特征，不仅表现在抵抗无力，更表现在经不起读书做官的强烈诱惑。明末清初的江南文人，并不缺乏不怕死的义士，但是不怕死，并不能说明就能抵挡得住官场的诱惑。迫切地想当官是文化人的死穴，中国历来讲究学而优则仕，学而优当官本来是个好传统，和世袭制度相比，让读书好的人处在领导岗位上，总比靠前辈的福荫好得多。因此，在一方面，中国科举制度的功劳不能一概抹杀，富不过三代，万般皆下品，唯有读书高，读好了便有官做，这是最公平的竞争。然而，在另一方面，僵硬的科举让读书人都读傻了，学而优则仕走向了反面，成了读书人只有做官这一条绝路。

清朝的科举和明朝如出一辙，仅此一项，江南文人对于亡国的惨痛，就抚平了一半。亡什么国，不就是改朝换代，那时候的文人，虽然不至于说满人不是汉人，也是中国人，因此大好河山落在清人手里，不能算是亡国，但是"六年忠义好凄凉，一阵夷齐下首阳"之后，清朝统治者恢复科举，读书人眼见着出人头地的日子又来了，于是一个个"身上安排新顶戴，胸中整顿旧文章"，又神气活现地出现在考场上。满人不仅在军事上彻底打败了汉人，也用官场的乌纱帽为鱼饵，将汉人完全制服。

江南文人，在明末清初，并非只有投降这一条道路，像顾炎武黄宗羲那样铁了心做遗民，也没有多少性命之虞，可是科举的诱惑，牵着江南文人的鼻子，却在这条小道上一路走到黑。前面已经说过，秦淮八艳之成名，和江南文人的交往分不开，譬如李香君的养母贞丽，不仅"有侠气，尝一夜博，输千金立尽"，而且"所交接皆当时豪杰"，因此有其母则有其女。后人力捧秦淮八艳，要害就在于说明江南文人的缺钙，到关键时候，只注意到了生前，已顾不上身后，什么民族大义，什么亡国灭种，什么遗臭万年，都忘得干干净净，临了，连秦淮河边的风尘女子都不如。遥想当年，东林党人和魏忠贤的阉党斗争，复社党人大骂阮大铖，即所谓轰轰烈烈的"南都攻阮"，他们的集会地点往往是在妓院，那时候，这些人是如何的光明正大，如何的正气凛然。他们能打动秦淮河边妓女的法宝，不是大把大把的银子，而是疾恶如仇的一股正气。

　　江南文人感到无地自容，是他们和阉党斗争了一辈子，结果在科举这根指挥棒的调度下，不仅和阉党中人一起携手走进考场，而且把当年的根深蒂固的党见分歧，也一并带入清朝官场。清初的几位皇帝眼里，汉人的党争十分可笑也十分可恶，党人们相互勾结，相互排挤，"人人各亲其亲而私其党"，解决这种结党营私的最好办法，就是把天下智谋之士都掌握在自己手中，让他们狗咬狗，自相残杀。江南文人和阉党的斗争，某种意义上来说，也是南人和北人的斗争，在最初的较量中，江南文人又一次堕入下风。譬如代表东林和复社党人的陈名夏，丢人也算丢到家，先是明朝的状元，有着不算太小的官衔，李自成入京，俯首称臣，清兵入关，又俯首称臣，是标准的奴才坯子。他在清初也算一名得到重用的汉族大臣，是江南文人在清廷中的一面旗帜，而他昔日的对头冯铨，作为阉党和北人的代表人物，同样也是清朝的重臣。陈名夏竭力替主子卖命，吃辛吃苦地干了好多年，然而在讨论汉人是否留辫子时，为一句"留发复衣冠"，竟然谪戍充军，另一说法更惨，是索性掉了脑袋。

江南名士金圣叹

江南文人在清朝开国初年，还真捞到了一些做官的机会。满人是征服者，一个个都是马上英雄，喜欢打仗，好武功非文治，对于具体的管理事务，有些不耐烦。"明季失国，多由偏用文臣"，满人为了吸取这一教训，不屑于做那些婆婆妈妈的事情，因此有关管理方面的琐事杂务，便让投降的汉臣去做。他们既然当了主子，免不了要多招收些奴才，中国的历史上，最不缺乏的就是奴才。江南文人如鱼得水，成群结队地到清朝的官场里去打工，是人是鬼，赶紧捞个一官半职。

统治者收拾文人，本来迟早的事情，翻开中国的历史，不收拾文人反倒是桩怪事。江南文人翻不了天，翻不了，也要收拾。在清人眼里，和元朝的蒙古人一样，中国人大致也可分为四等，汉人中的北人和南人，分别被列在最后两等，而南人是最心怀叵测的。清统治者对待江南文人，先是放纵，暂时不管你们，然后按部就班，一步一步了结。在明末清初，江南文人多少还有些傲气，清朝逼顾炎武出来做官，一而再，再而三，他就是不肯出山，不出山也没怎么样。许多人当了遗民，清朝皇帝网开一面，心里有火也先憋着，急着要做的事太多，还顾不上这些。

　　清因明制，恢复了科举，江南文人从羞答答逐渐过渡到神采飞扬地走向考场。清朝皇帝终于找到了收拾江南文人的机会，顺治十四年，南北两个考场都出现了作弊现象，于是引起了科场大狱。贿通试官，买卖关节，这本是明朝留下来的陋习，可是此时却给了清政府最好的借口，正好用来打击汉族士子的气节。汉人总是觉得自己了不起，了不起却又要忍不住考场作弊，还有什么狗屁的气节可言。这一次科场大狱，牵连之广，杀头和流放之多，创中国有史之记录。被杀头的大都是主考的考官，而参加考试的众多举子，也人人自危，惶惶不可终日。为了鉴别是否作弊，要进行当堂复试，复试不合格就有作弊之嫌，就得治罪。仅此一个刺刀下的当堂复试，读书人的"士风士气"，便"荡扫无遗"。

江南文人引以为豪的那种气节，南都攻阮时的团结，松郡起义时的豪迈，仿佛让人迎面扇了个大耳光，顿时无影无踪。总算还有一个叫吴兆骞的，在复试时，多少有些骨气，没有尿湿裤子。当时，凡有通关节嫌疑的举子，都聚集中南海的瀛台，在皇帝的眼皮底下当堂复试。谢国桢在《清初东北流人考》一文中，曾描述了当时的情景：

　　复试时举子仍是戴着刑具，和犯人一般，每举人一名，命护军二员，持刀夹两旁作严厉监视，与试的举子，悉惴惴其栗，几不能下笔，如何能做得起文章。汉槎很愤慨地说："焉有吴兆骞而以一举人行贿的吗？"遂交了白卷，皇帝自然要生气，凡不中试的举人，都把他们打了四十大板，充军到宁古塔去！并且把他们的父母兄弟妻子都连同谪戍，这样子看他们还胡闹不胡闹。

汉槎是吴兆骞的字，江南吴江人，少年得志，恃才傲物，曾对当时极有文名的汪琬说："江东无我，卿当独步。"早在参加科举前，吴兆骞就是赫赫有名的人物，明亡之后，他现成的大名士做得有些不耐烦，出山应江南乡闱，本意是想随手捞个官做做，不料竟遇上了奇祸，流放东北。东北虽是满人发迹的地方，但是在当时却非常荒凉，对于一个习惯于江南生活的人，北国的天寒地冻，真把他折磨得够呛。如果说在复试时，吴兆骞身上多少还体现了一些江南文人的名士气，流放数年之后，他除了可怜巴巴地盼着返回老家，已经没什么别的奢侈的欲望。吴兆骞在关外待了二十三年，终于得到皇帝的恩准，带着老婆白首同归。据说吴兆骞写的一篇祭长白山赋，以其文字瑰丽，打动了康熙。这显然是一篇拍马屁的文章，因为这篇文章，皇帝脸上露出笑容，于是大家捐款，用钱将吴兆骞从关外赎了出来。

去清朝的官场谋事，在明朝的遗民看来，已经是丢人现眼，吴兆骞经此一折腾，读书人的斯文彻底扫地。如果说科场之狱，只是收拾了那些有意仕途的读书人，这些人本来已经失节，是大姑娘偷人，是寡妇再醮，罹祸咎由自取，是活该，那么另一路自以为天高皇帝远，躲在江南做名士的文人，却因为几乎是同时期发生的"哭庙"事件，灾难从天而降，莫名其妙地惨遭迫害。一六六一年，顺治驾崩，哀诏到了苏州，例于府堂设幕，"哭临三日"，苏州的老百姓趁江苏巡抚在庙，借机向他请愿，要求罢免新任吴令任维初。这任维初是山西人，做了苏州的地方官，别的能耐没有，横征暴敛却是第一等高手，上任伊始，就剖开大竹爿数十片，在尿里浸着，警告说：

> 功令森严，钱粮最急，国课不完者，日日候此，负欠数金者责二十，欠三钱以上者亦如之。

这是一位偏爱打人屁股的汉人官员，喜欢打屁股，同样是明朝的陋习。苏州人想，你又不是满人，何至于如此凶恶，大家都是亡国奴，相煎何必这么急。于是串通起来驱任，没想到江苏巡抚朱国治不是黑脸的包公，恰巧是任维初的后台，这一刀状撞到了枪口上，朱国治不帮着苏州老百姓说话，反以"震惊先帝之灵"为由，参奏哭庙的人为大逆不道。本来只是一桩小事，由于双方都是汉人，清统治者索性小题大做，把那些早就想收拾的另一路江南文人，狠狠惩膺一下。结果自然是杀头，不是杀一个人，而是杀一连串。这一连串中，最知名的就是批《水浒传》的金圣叹。

金圣叹是江南才子的一个典型，他身上洋溢着的名士气，直到今天仍然为人津津乐道。明亡后，他不得已参加会试，以"如此则心动乎"为题作文，篇末竟然敢这么写：

> 空山穷谷之中，黄金万两，露白葭苍而外，有美一人，试问夫子动心否乎？曰：动动动……

他一口气连写了三十九个"动"字，这样的卷子自然不可能中。明末清初确实有这么一帮文人，亡国似乎和他们也没什么太大关系，只是终日兀坐，以读书著述为务。据说金圣叹最喜欢屈原，平日以《离骚》为下酒菜，一边高声朗读，一边尽情喝酒，醉则须眉戟张，遇到贵官豪绅，嬉笑怒骂以为快事。金圣叹的文字挥洒自如，独出腔调，在明清小品中别具一格，而所批的"六才子书"，即《离骚》《庄子》《史记》《杜工部集》《水浒传》《西厢记》，其批评方法，明快如火，惊才绝艳，在中国的文学批评史上也独树一帜。

然而统治者不会把金圣叹的那点文字把戏放在眼里，江南文人恃才傲物，清朝的皇帝早就不耐烦。金圣叹在哭庙案中，完全是被动牵连，最初被捉的十一名主犯中，并没有他。实事求是地说，哭庙一案，确有借机闹事之嫌，金圣叹根本算不上什么幕后主谋，但是上面既然想收拾你，也就无处可逃。他被押到南京，不问情由，先吃两夹棍，然后三十大板，立刻皮开肉绽。事情闹到了这一步，他自知活不了，给家人写了一封信，说：

> 杀头至痛也，籍没至惨也，而圣叹以无意得之，不亦异乎？若朝廷有赦令，或可相见，不然，死矣！

金圣叹糊里糊涂地丢了脑袋，死到临头，他

仍然没有忘了幽默。值得挂上一笔的是，在哭庙惨案中处于对立面的两位昏官，临了也没有好下场。朱国治后来去了云南，以刻薄军粮，将士积怨，"乃脔而食之，骸骨无一存者"。任维初也因为犯了别的案子，被判杀头，行刑地点正好和金圣叹相同，是南京的三山街。笔记上有两则金圣叹临刑前的描写，一是他昔日想批佛经，和尚说，我出个上联，你若能对上，马上拿出佛经来让你批。和尚出的上联是"半夜二更半"，金圣叹听了，江郎才尽，怎么也想不起下联，结果在临死前，正值中秋，倒让他想起了一个绝对，是"中秋八月中"，连忙要儿子去告诉和尚，可惜对联对上了，想批佛经也没时间了。另一则更神，说刽子手刀都举起来，他突然喊慢，说有话要对儿子说，儿子跑到他跟前，他用耳语悄悄说："豆腐干与虾仁一起细嚼，有火腿味。"说完从容就义，他那宝贝儿子想半天，不知道这话是什么意思。

有人还杜撰了金圣叹临刑前口占的一首诗，虽然是瞎编，却也有几分他的玩世不恭腔调：

天公丧母地丁忧，

万里江山尽白头。

明日太阳来作吊，

家家檐下泪珠流。

顾炎武的学术人格

清统治者用汉人收拾汉人，一箭双雕，收到极好的效果。科场舞弊事发，是行贿的举子因为没有兑现考中，自己觉着吃亏喊冤闹出来的，哭庙案从表面看，也是汉人之间的争斗，是汉人压迫汉人的结果，清统治者无形中成了主持正义的法官，似乎很公正，不偏不倚，被杀的人也只好捏鼻子。科场和哭庙两大案，敲响了江南文人自由时代结束的丧钟，接下来便是更进一步的文字狱，一桩接着一桩，此起彼伏，动辄大动干戈，譬如庄氏的《明史辑略》案，被缚者数百，杀头七十余位，江南文人从此水深火热，是进亦忧，退亦忧，稍有不慎，便有杀头之罪。对江南文人的控制，有一个逐渐收紧的过程，在一开始，很多人认为只要明哲保身，看准了，捞一把，混个大官小官做做，或者索性清高，惹不起，躲起来，就不会有什么事。事实却证明书生之见，不仅可笑，而且危险。重温历史，有时候不能不为明末清初的江南文人感到遗憾。江南文人作为一个群体，在这个时代，思想特别活跃，文化异常发达，虽然不是什么盛世，但是对于渴望自由空气的文化人来说，却真是一个十分难得的机会。

明末的东林和复社，与阉党展开殊死决战，其进步性不言而明，可惜，过多的结党结社，使得小团体大行其道。如果说早期的结合，还是同声相求，同仇敌忾，到后来，便是纯属附庸风雅，拉帮结派。由于今天所能见到的材料，大都是东林和复社党人自我标榜的文章，所以轻易不太可能看出他们当时有什么不妥。其实仔细考察，便可以知道当初的所谓结社，最初的目的只是为了应付考试，猎取功名。说穿了，不过大家凑在一起学习经义，揣摩风气，为了有更好的机会捞个一官半职。为出仕读书已经成了一剂毒药，这就是为什么明亡之后，会有那么多党人先投李自成的大顺军，继而又跑到清人那里去做官。

官场的诱惑深深伤害了江南文人的灵气，奔走经营，争官夺利，往往混淆了是非，颠倒了黑白。有些人似乎明白这种弊端，因此一味地清高起来，或寄情于山水，或闭门不出，两耳不闻窗外事，声色犬马，管他亡国不亡国。明末清初的江南文人，或进或退，都有严重问题，进则厕身官场，结党营私，同流合污，退则隐居江湖，逍遥逃避，醉生梦死，江南文人似乎始终找不到理想支柱，找不到精神上的最后寄托。当国家这部机器一步步失去控制，作为先进的知识分子群体，在这种历史性的崩溃面前，江南文人中的大多数，不仅无能为力，更糟糕的是没有任何作为。

江南文人引以为自豪的，绝不是出了多少个

状元，封了多少名宰相，有多少人得意于仕途，驰骋大大小小的官场，也不是因为有了东林党，有了复社，出了很多风流才子，潇洒于秦淮河畔，画舫笙歌，酒食争逐。江南文人骄傲，是因为有了顾炎武，有了黄宗羲。在这样的乱世中，依然能有几位保持头脑清醒的文化人，江南文人才不至于一下子完全被人看扁。因为有了顾炎武和黄宗羲，江南文人一下子增加了许多亮色。限于篇幅，这里只谈顾炎武，作为明末清初最杰出的江南文人代表，顾炎武的影响，绝不局限于所生活的那个时代。事实上，顾炎武当时的影响也许并不能算太大。他关于亡国和亡天下的议论，同时代未必有多少人知道，知道了也未必肯听进去。顾炎武既不是东林党的领袖，也不是复社的盟主，更谈不上执文坛之牛耳。明末清初，名声更大的应该是钱谦益，是陈名夏，是吴伟业，可惜这些人都成了汉奸，名列《贰臣传》，丢人现眼，遗臭后世。顾炎武没有什么了不起的功名，学而优则仕这条路和他无关，然而一生中，可圈可点的事迹实在太多。《辞海》关于顾炎武有这么一段记录：

> 学者称亭林先生。少年时参加"复社"反宦官权贵斗争，清兵南下，嗣母王氏殉国后，又参加了昆山、嘉定一带的人民抗清起义。失败后，十谒明陵，遍游华北，所至访问风俗，搜集材料，尤致力于边防和西北地理的研究，垦荒种地，纠合同道，不忘兴复。晚岁卜居华阴，卒于曲沃。学问广博，于国家典制、郡邑掌故、天文仪象、河漕、兵农以及经史百家、音韵训诂之学，都有研究。晚年治经侧重考证，开清代朴学风气，对后来考据学中的吴派、皖派都有影响。

顾炎武是中国历史上真正承前启后的人物。他的著作等身，为后人所熟悉的有《日知录》《天下郡国利病书》《肇域志》《音学五书》《韵补正》《亭林诗文集》等。一个人能写一大堆书，不稀罕，关键在于是什么样的书。顾炎武的学识，和宋朝开始流行的理学不一样，不是如程门师徒雪夜相对静悟出来的，而是靠自己的双脚，脚踏实地到处调查研究，然后才变成文字著作。顾炎武曾批评过当时的信口空谈，认为世人所谈论的时髦理学，其实只是一种禅学，不货真价实地取之经书，而是依靠一种偷懒省事的"语录"。利用前人的只言片语，做出后人自说自话的全新解释，这种学风正是顾炎武力图要改变的，全祖望《顾亭林神道表》谈到顾氏如何做学问，这样写道：

　　遍游边塞之区，游历所至，二马二骡，载书自随，遇边塞亭障，必呼老兵退卒，问其曲折，与平日不合，即于坊肆中发书对勘。故于山川险要，皆经目击，因能言之了了如指掌。

　　曹聚仁在《中国学术思想史随笔》谈到顾炎

武，也就着全祖望的思路，进一步发挥：

> 倘若经行平原、大野，没有可以留意的地方，便在马上默诵经书注疏。他又喜欢金石文字，一走到名山、巨镇、祠庙、伽蓝所在，便探寻古碑遗碣，拂拭玩读，抄录大要。他所著述的，都是他自己旅行行中实地勘察所得的资料，和一般人的闭门造车，过蠹鱼生活的大不相同。

顾炎武的学问人格，也让清统治阶级垂涎，这是一块顽固不化的石头。为了巩固统治，清政府开设"博学鸿词科"，想把像他这样的优秀人物，统统招入自己的人才库备用。但是，顾炎武拒绝了一切诱惑，软硬不吃，既没有恃才傲物，趁机要个好价钱做官，也没有志灰心馁，遁身山林，做出世的大名士。冒杀头的风险，他大讲经世致用之学，奔走南北，与明遗民在一起，随便发表政见。他的一腔正气，与日月同在，与山河并存。所有这些，清政府不仅不加以干涉，还由当时的陕西提督张勇的儿子出面，向顾炎武请教学问，并想刻他的著述。清统治者向来不把杀人当回事，尤其不在乎杀文人，偏偏对于顾炎武，却保持了最大克制。一直到他已经七十岁，清政府仍然不忘拉拢引诱，顾炎武义正词严地说：

> 七十老翁何所求，正欠一死，若必相逼，则以身殉之，一死而先妣之大节愈彰于天下，使不类之子得附以成名，亦人生难得之遭逢也。

清政府对待顾炎武，总算是明智的。"刀绳俱在，无速我死。"顾炎武视死如归，统治者也无奈他何。杀一个顾炎武有何难，他的精神既然已经存在，肉体上的消灭也就失去意义。顾炎武为江南文人做了最好的表率，是后来一切读书人的楷模。还是前面已经说过那层浅薄的意思，因为有了顾炎武，因为有了顾炎武开创的学风，江南文人活着，多少还有些奔头，好歹还有些出路。从发展的眼光来看，亡国有时候并不是一件最坏的事情。亡国有时候不过是改朝换代，可怕的是亡天下，天下若要亡，这世界便到了末日。

江南文人在明末清初或进或退的两种表现，经过清统治阶级的严厉打击，得到了最有效的扼制。在强权政治面前，江南文人似乎再也潇洒不起来，为了保住自己可怜的脑袋，开始做起死学问。这是坏事，也是好事，做死学问的直接结果，就是造成了乾嘉学派的横空出世。江南文人在清代三百年的学术思想史中，又一次体现了人多的优势，平心而论，清朝比明朝好得多，清朝文章学术之盛，集中国几千年封建社会之大成，"汉唐以来，未有其比"，诗、词、小说、古文、小学、天算、地理、水利，都是前朝所不能比拟，而这种繁荣，江南文人功不可没。

清朝的文化繁荣，可以和欧洲的文艺复兴相比美，这是一个值得深思的现象。中国的封建社会，最出色的应该是大清帝国，它创造了前所未有的辉煌。清朝的崩溃是因为遭遇了资本主义，这是江南文人做梦也不会想到的事情。为什么文化人失去了思想的自由，依然能够带着镣铐，取得那么好的学术成就，后来学者应该常常扪心自问。江南文人的地位，是明清两代奠定的，而清代的学术思想，其实是对明代学风的否定。清代的江南文人，给他胆子也不敢搞小团体，结党营私既然是死罪，老老实实地待在书房里做学问，就是很自然的事情，死学问有时候也可以做活。在官迷心窍方面，清朝文人要比明朝文人有节制得多，起码在鸦片战争之前是这样。同样，在放浪形骸方面，清朝文人相差得就更远，正如有人评价的那样，明人飘逸不羁，不认真，是浪漫主义，而清人则拘谨严肃，喜欢一板一眼，是古典主义。

清朝的学术是明朝学术的反动，正是这种反动，成全江南文人。江南文人在清学术思想方面，占有十分重要的地位，譬如吴学，譬如浙东学派，此外，像皖学和扬学，无论从地理概念，还是从学理思路，和江南文人都一脉相承。清朝的江南文人，很少有像明朝的名士那样，流连在秦淮河畔。唐伯虎、秦淮八艳、《板桥杂记》，这都是明人的故事，它们伴随着民间的加工夸张，构成了一幕幕虚幻的风流传奇。然而，风花雪月远不是江南文人的真相，江南才子在清季没有那么多的风流韵事，有的只是不堪回首的文字狱，没完没了的腥风血雨，清人因祸得福，死学问做成了真学问，这种真学问是有惨重代价的。

江南文人是一个说不完的话题。《诗经·周南·汉广》上曾说："江之永矣，不可方思。"这里的"永"，比较容易解释，是长的意思，而"方"则有些分歧，一说为竹木编成的筏，在这用作动词，翻译成大白话，就是坐着竹筏也到不了尽头。另一说是"周匝"，意思是环绕，遇小水可以绕到上游浅狭处渡过，而长江太长，不可能绕匝而渡。这两种说法都有来头，也许都对，也许都不对。不管怎么说，江之永矣，不可方思，描写了一个男子追求爱情的失望心情，这一点大致错不了。江南的文人的话题很长，有些话还是留着以后再说。通常情况下，追求爱情和追求真理相仿佛，对江南文人的描述，最后只能是不了了之。

1999年11月10日　碧树园

回忆中的大运河

1

回忆中的大运河，总是会首先想到苏东坡。作为一个文化人，苏东坡让后人永远怀念。晚年的他从海南流放归来，在蜀地的一个叫玉局观的道观挂职。这是大宋王朝莫名其妙的一个制度，官员要退休，会被任命为寺庙的官员。苏东坡没去寺庙里就职，他一路向南，再向东，朝着江苏的方向直奔而来。

当时有种迷信观点，认为官员一旦身体不好，如果辞去官差，将会有助于痊愈，而且还能够延年益寿，于是苏东坡请求辞去玉局观负责人的头衔，希望借此帮助自己度过一生的厄运。我对他来江苏的具体路线，已记不清楚，当年曾经为此很认真地做过一番研究。现在只记得到了江苏境内，沿着大运河，最后进入常州。正是天气最闷热之际，船舱里更热，热得只能光膀子，裸着上半身，也就是我们南京人说的赤大膊。

常州人民听说苏东坡来了，立刻万人空巷，都来到运河边上，一方面欢迎他，另一方面，当然也是想见见伟大的苏东坡风采。于是大家见到了裸着上半身的东坡先生，他老人家袒胸露腹，从船舱里走了出来，向常州人民拱手致意，同时嘴里忍不住念叨：

"这样欢迎，折煞人也！"

我喜欢这样的一个热情场面，总是无法忘了大运河边的这一幕。天气那么湿热，挥汗如雨，常州人民中一定也有许多光着膀子的男人，他们站在运河边上看风景，对着诗人指指点点。而今天的我们，却是穿越了八百多年的时光，欣赏着风景中的他们，真是很有诗意的一个画面。八百多年后，我曾在常州府的江阴农村待过，在那上了两年小学。那年头的落后，今天说起来让人难以置信，没有电，天黑了都是点煤油灯，有些老年妇女，到夏天，太热的日子里，经常裸着上身，两只干瘪的奶头，就那么光明正大地垂在胸前。

忍不住也会想，在大运河边，在当时看热闹的人群中，会不会也有这样忘情的老太婆。我想可能会有的，应该有，礼不下庶人，中国妇女的保守风气，到了南宋才愈演愈烈，裸露上半身不应该是什么大不了的事，裸了也就裸了。我要是个画家，就要将这个场面画出来，毕竟这是大运河上最有人文温度的一个场景，光是用文字记录下来，远远不够。

当年乾隆皇帝下江南，到了常州，想到苏东坡，崇敬之情顿起，写诗纪念，在运河边舣舟亭附近，他老人家居然一连写了三首诗，其中之一是这么写的：

风流苏髯仙，遥年此系艇。
遗迹至今传，以人不以境。

乾隆皇帝的这首诗，强调了以人为本，在他眼里，大运河也就这样，重要的应该是人，是苏东坡本尊。中国古代的京杭大运河是非常重要的交通要道，千百年来，南来北往，无数游客匆匆走过，习以为常，习惯成自然。没人太把大运河当回事，大运河就是今天的高速公路，就是今天的高铁，因为有了高速公路，有了高铁，我们的日常生活变得更加方便，对于古人来说，大运河也谈不上多伟大，它就那样。

我们今天很喜欢说大运河的文化含量，文化也是慢慢才形成的，有时候，文化也就那么回事，人文化成，文化这玩意要是离开了人，什么都不是。

2

　　江苏境内的大运河，最早只是与战争有关，为了去征伐别人，为了称霸，为了开疆拓土。有一种流行说法，就是大运河的第一锹，是春秋时期的吴王夫差开挖。当年的江南，水网四通八达，吴国军队要想远征，要想逐鹿中原，就要考虑如何将长江与淮河沟通。在古代，这是一个非常不容易办到的事情，只能更多地利用自然河道，多绕点路，多绕很多路。因此，最初的河道，东自太湖出发，沿胥溪西上，直到今天的芜湖附近，才能进入长江，再渡过长江往北，沿栅水到巢湖一带，然后北入淮水。

　　再以后，为了走近路，便有了人工开挖的邗沟，路程大大地缩短，南北距离被拉近了。古邗沟是吴王夫差准备称霸中原的产物，结果呢，因为穷兵黩武，一心想北上征战，反而被越王句践抄了后路，亡了国。历史书上，民间故事里，强调的多是越王句践如何卧薪尝胆，事实上，吴王夫差穷兵黩武，野心太大，才是亡国的真正原因。

古邗沟是江苏境内大运河中非常重要的一段，虽然最初目的只是为了军事，为了定鼎中原，实际效果则是极大地方便了老百姓，方便了人民群众的生活出行。事实上，人工开挖大运河，自吴王夫差的第一锹开始，从来就没真正停止。秦朝和汉朝，以及后来的南北朝，大运河一直在断断续续挖掘，越挖越远，越挖越长。

因此，隋炀帝在古邗沟的基础上，花了六年时间，完成的京杭大运河，也只是充分利用了前人成果。可惜结局却是大为不妙，把一个好端端大一统江山，活生生地给折腾完了。说起来，大运河这样的丰功伟绩，不是在秦皇汉武这样的英雄人物手下完成，多少有些让人感到意外和遗憾。人们总是习惯以成败论英雄，如果夫差北伐成功，如果隋炀帝能像唐太宗那样不昏庸，历史评价也许会完全不一样。

因为吴王夫差，因为隋炀帝，因为这两个既富传奇，又是悲剧性的人物，江南的命运就此改变。不管怎么说，大家都会明白，大运河的功要远远大于过。而大运河的历史功过，也用不着我来过多评价。唐朝诗人皮日休甚至把隋炀帝修大运河，与大禹治水相提并论。过去的很多年，大运河都是中国的经济命脉，皇家政权要想维护自己统治，必须要依靠大运河，必须要管理大运河。

事实上，大运河带给我们的联想，更多的还应该是芸芸众生的普通人。帝王将相宁有种乎，夫差也好，隋炀帝也好，也是随便议论，点到就可以为止。真正要回忆大运河，我会更多地联想到古代游子，想到当年的南船北马，想到南来或北往的文人。大运河并不像我们想象的那样，它不是始终畅通。我们都知道，自然和人为的原因，到了明清之际，北方的大运河，渐渐地已失去了通航能力。

遥想当年，北方人南下，到今天江苏的淮

安境内，必须下马坐船，从此开始一段行舟的诗意生活。南船北马是古代南北交通最常见的出行方式，很显然，长途旅行中，与颠簸的马车相比，船上的感觉可能会舒适一些，磨墨题诗也方便得多。

3

有了高铁，从南京去上海，只要一个多小时。可是一百多年前的晚清，沪宁铁路还没开通，清华四大教授之一的赵元任先生，从家乡常州去上海，必须先坐船绕道南京，再坐江轮赴沪，要走一个三角形，要花一周时间。

自从有了火车，一个旧时代结束了，一个全新的时代开始了。时间开始有了全新的意义，不过仍然还有不同的理解，譬如在民国时期，丰子恺先生从家乡去省城，乘火车只要四个小时，可是宁可坐船，坐船要四天，他认为这样可以看到更多的风景。快还是慢，这可以是人生的两种选择，大多数时候，我们都喜欢快，喜欢快捷，然而有时候，我们也可能会希望慢一点，为什么不能慢一点呢。

我的一个小学同学，大学毕业，分配在航道管理部门，很快就做了官。当年他曾对我许诺，让我搭乘他们水上舰艇，沿着京杭大运河，说江南江北任你挑选，想去哪就去哪。这是件想着就很有趣的航行，可惜最后并没有真正付诸实际行动，也就是在嘴上过过瘾，见面时随口说说。现在，我的那位同学已经退休了，这件事也彻底不了了之，无疾而终。

一想到此事，就有些惋惜，时乎时，不再来，也许当初是觉得这事不太难，一直既当回事，又没太当回事，结果真的耽误了，很可能永远耽误。过去的多少年，我无数次地经过大运河，也领略过许多江苏境内的大运河风光，通常的方式都只是观光，不是坐车就是步行。然而只要一看到大运河，一走过大运河沿岸，就会联想到小学同学，想到他的许诺，想到自己未完成的心愿。这件事不了了之，我显然有很大的过错，甚至可以说应该负主要责任。

好在回忆中，总算聊胜于无，还是有过两段大运河上的亲历，一次是从苏州去杭州，一次是在苏州古运河上夜游。第一次的舟行说来非常奇特，那是三十多年前，在大学读研究生，我们出门访学，去了苏州，到范伯群先生家，请他为我们上课，讲完课，付了五元钱的讲课费。范先生一边在收据上签字，一边说我跟你们先生是好朋友，为他的学生上课，还要这样真是不好意思。然后，大约也是范先生的主意，劝我们干脆坐船去杭州，觉得这样更有诗意。那时候，老作家汪静之先生与黄源先生还健在，我们计划中要去拜访他们。

于是就上了从苏州去杭州的夜航船，因为年轻，也没觉得这样旅行会有什么样的意义，好像是上了船就聊天喝酒，然后就睡觉，进入了黑甜之乡。醒来时，已经到杭州境内。旭日初升，景色很美，想到船舱外去看看风景，可是刚走出去，便被臭烘烘的气味熏了回来。那是二十世纪八十年代初期，京杭大运河杭州段，被污染得不像样子，河水黑乎乎的，漂浮着各种杂物，我们当时并没感到诗意，感到的是诗意的消逝。

第二次在苏州夜游古运河，完全是另一种感受，从一个极端，走向另一个极端。时间是新世纪，第一次过于简陋，虽然卧铺，又脏又乱又差，第二次过于豪华，有空调，有吃有喝，还有人唱昆曲。我嫌船舱里太闹，走出船舱，清风扑面，精神立刻为之一爽。两岸风景如画，灯光五颜六色，站在船头上，与陆文夫先生通了一会手机，向他老人家问好。陆文夫是家父的挚友，当年曾经一起被打成右派，有过生死交情，那好像也是我最后一次与他聊天。

2018年10月28日 威尼斯

怀旧，废墟上的徘徊

　　人之本性，难免喜新厌旧，怀旧却会有别样风光，会很时髦，会显得很有文化。十多年前，南京大学文学院院长董健老师曾经非常认真地问我，《南京人》中提到的那位老先生是谁，说这老先生的话很有道理，一针见血。弄得我很不好意思，《南京人》是我的一本旧书，他问的这番话是小说家笔法，是我伪造的，所谓老先生并不存在。董健老师很失望，做学问的人总是严谨，他向我打听出处，大概也是想在文章中引用，听我这么一说，只能叹气摇头。

我编造的这番话是什么呢，为什么董健老师会感兴趣。在《南京人》这本书中，我提到了民国年间有位老先生，说北京是个官场，就看谁官大，上海是个洋场，就看谁钱多，因此要做官，必须去北京，要挣钱，必须去上海，南京这地方什么都没有，做不了官挣不上钱，只能退求其次，老老实实做学问。老先生是文学加工的产物，结果董健老师信以为真，很多南京人也引起了共鸣。常常有人当面夸我，说这话有道理，说到了节骨眼上，说出了南京人的性格特点。有些在官场上混得不得意的人，甚至因为这番话，要与我结交，要跟我一起喝酒。

多少年来，作为一名小说家，我一直以偏重怀旧被读者所认同。不知不觉就成了遗老遗少，你还是一个不折不扣的青年作家，已有人写文章将你归类老作家老夫子行列。浑水摸鱼的怀旧让人多少占了些便宜，当然，有时也吃亏，毕竟老了会有过气之嫌。谁道人生无再少，门前流水尚能西，休将白发唱黄鸡。怀旧可以用来励志，励志不等于得志，仅靠怀旧在文坛上打拼，显然没太大出息，也不可能会有更好出路。俗话说，老而不死是为贼，一味怀旧，注定死路一条。

小说家怀旧与史学家不一样，小说家可以想象，可以合理想象，甚至可以不合理想象。只要说得好，胡说八道并没有太大关系。小说家们虚构人物，设计好故事，在史家眼里是一堆幼稚笑话，错误百出漏洞无数。但是大家目的并无二致，都是温故而知新，就好像世界上没有无缘无故的爱，小说家也好，史学家也好，很少无缘无故地去怀旧。区别就在于方法不同，手段各异，真实标准不一样。

怀旧可以而且应该成为小说家手中的利器，如何利用怀旧，怎么利用怀旧，有很多学问可以做。作为一名小说家，我想不妨思考两个问题。第一，你为什么要怀旧。简单地为怀旧而怀旧，显然会有创作上的风险，小说家的怀旧总是别有用心，怀旧必须要有情怀，要有理想，要有最起码的人文关怀。第二，必须告诉读者，小说中的怀旧往往是虚构，文学的真实从来就不等同于历史的真实。换句话说，民国年间南京有没有那么一位老先生可以不重要，原话是否如此也不重要，重要的是能不能接近真相。我的关于南京人的性格描写，显然带有理想成分，也就是说希望南京人是那样，我只是写出了自己心目中的南京人。

事实上，我们都明白那些最基本的道理，都知道天下乌鸦一般黑，都知道真相并没有那么美好，南京人与北京人上海人并没有那么大差异。现实是残酷的，很难让人满意，哪儿的人都想当官，哪儿的人都想挣钱，陶渊明笔下的五柳先生说到底还是个文学人物，无怀氏之人与，葛天氏之人与，如果我们真相信五柳先生们确实存在，那也太天真了。理想和现实之间总是会有些差距，古人衔觞赋诗，只不过是为了以乐其志，也只能以乐其志，这一点，一千多年前的陶渊明先生早已经说得很清楚。

南京夫子庙的秦淮河边有个桃叶渡，说起来也是一著名去处，有历史有来头。喜欢书法的人都知道，东晋时大书法家王羲之儿子叫王献之，字写得比他爹还好，这个王献之风流倜傥，有位爱妾叫桃叶，住在河对岸，他常常亲自在渡口迎送，并为之作了首《桃叶歌》：

> 桃叶复桃叶，渡江不用楫。
> 但渡无所苦，我自迎接汝。
> 桃叶复桃叶，渡江不待橹。
> 风波了无常，没命江南渡。

历史上的传说往往不靠谱，不知猴年马月，有好事的人怀旧，在秦淮河边树了一块石碑，基本上就把一千六百多年前的故事给落实了。三人成虎众口铄金，都这么说，大家也就深信不疑，都相信桃叶渡就在秦淮河边。明朝有位诗人叫沈愚，觉得这事不能这样以讹传讹，下功夫去考证，得出桃叶渡绝不可能在秦淮河的结论，确切地点应该是在长江北岸的"桃叶山"下，那里的古渡口才是原址所在，因此也写了一首诗：

世间古迹杜撰多，离奇莫过江变河。
花神应怜桃叶痴，夜渡大江披绿裘。

沈愚搁在历史上没名气，这首修正考订桃叶渡的小诗，自然没什么影响，知道的人也不多。结果就是，同样是怀旧，大家对真相都不感兴趣，王献之《桃叶歌》中明明白白写着渡江，短短一首诗中有三个"江"字，却非要视而不见，认定桃叶渡就在秦淮河边，就在今天大家都错误认定的那个地方。这说明什么呢，说明在怀旧中，真假有时候并不重要，将错就错也没什么大不了。我们为什么会这样选择，这样的选择又会有什么样后果，这才是最重要的。选择性的怀旧完全有可能塑造出一个新的城市形象，毫无疑问，南京是一个滨江城市，然而它的城市建设，有意无意地总是沿着秦淮河在展开。多少年来，长江沿岸基本上都是破烂不堪，人们总是有意无意地避开江边，始终保持着适当的距离。滚滚长江显得有些宽大，好像小桥流水才更适合南京，"夜泊秦淮近酒家"成为这个城市最好的写照，醉生梦死灯红酒绿，很自然地就成为标签，结果便是，像刘禹锡这样的大诗人，完全可以不用亲临南京，完全可以不用体验生活，就能轻而易举地写出脍炙人口的《金陵五题》。刘禹锡在这五首小诗前面有自序说明，强调自己并没到过南京，他的怀旧基本上就是凭空捏造。

桃叶渡与南京的关系大可一说，事实上，它不仅是一个文人与爱妾的八卦，而且与这座城市的命运息息相关。一种风流吾最爱，六朝人物晚唐诗，南京人喜欢说六朝古都，所谓古，也是怀旧的意思。可惜这个旧太遥远，说来说去，都是些不靠谱传闻。南京几乎找不到什么货真价实的六朝文物，原因同样可以从桃叶渡说起。当然，这个桃叶渡不是秦淮河边那个伪造的假古董，而是长江对面的桃叶山古渡，想当年，隋炀帝杨广曾在此练兵。那时候的杨广年轻有为，还没被封为太子，他在桃叶山下厉兵秣马，目的就是为了消灭南朝。结果大家也都知道，在桃叶渡那端，杨广虎视眈眈地做着准备，而在大江这边，陈后主仍然在醉生梦死，"妖姬脸似花含露，玉树流光照后庭"。很快隋兵渡江，六朝灰飞烟灭。"天子龙沉景阳井，谁歌《玉树后庭花》"，隋文帝下令杨广将南京这个城池给废了，于是该烧的烧，该毁的毁，这也是为什么南京这个古城很难见到六朝文物的真实原因。很长一段时间，南京真的就这么被毁了，它归镇江所管辖，城市地位大大下降。

一个城市繁华起来了，一个城市破落衰亡了，总会有这样那样的原因，怀旧的目的可能就是为了探索这些原因。南京的繁华是它曾经是古都，南京的破落衰亡也是它曾经是古都，繁华的原因同样可以成为萧条的原因。对桃叶渡遗址的怀旧，有助于我们用一种别样的眼光打量南京，我们回忆往事，徘徊在历史的废墟上，感慨六朝繁华，流连吴宫花草和晋代衣冠，说来说去，所有的怀旧和追古，结果还是为了抚今，为了讨论当下。事实也是这样，对于这座城市的凝视，如果我们的目光始终只盯着秦淮河，只是关心它的兴衰，只是在意它的发展，显然远远不够。

南京作为一座古城，承受了很多次浩劫，遭遇了一次又一次人为的厄运。如果说隋朝的故事太遥远，不妨说说比较接近的，譬如上世纪九十年代，距离今天也不过二十年，二十年算什么呢，弹指一挥间。那些年，南京出了一位臭名昭著的砍树市长，这位市长是林业大学的毕业生，对种树没兴趣，伐起木来却是一把好手，作为一名大权在握的城市父母官，他恶狠狠地砍去了许多树，理由非常简单，为了亮化这个城市，为了彰显繁荣的商业气氛。在这位市长的脑海里，一个现代化城市，首先应该是灯火通明，繁华就是灯红酒绿，繁华就是高楼大厦。

民国政府时期的南京，有一位叫傅焕光的先生，主持南京的园林工作。在他的指挥下，城市的马路两旁共栽了一万多株法国梧桐。七十年以后，这些参天的大梧桐成为地标，让南京成为一座引以为骄傲的绿色城市。可是在后来的这位砍树市长主政期间，在一个短短瞬间，说砍就砍了。"拔本垂泪，伤根沥血"，整个城市伤痕累累，真所谓顷刻间"生意尽矣"。有记者很认真统计，被砍去的梧桐达三千多棵。在城市记忆中，这是非常惨痛的一次。它所产生的严重后果，对老百姓日常生活的伤害和影响，难以估量。

这位市长最终受到惩罚，被判处了死缓，与这次砍树毫无关系，只是因为贪污受贿。我们今天可以公开议论，数落他的不是，申讨他的过错，并不是这个人错误地砍了树，因为砍树罪有应得，而是因为他已经失势。如果说隋炀帝当年奉父之命，将南京城池毁尸灭迹，还是出于什么政治目的，是统治者大一统江山的需要，那么今天这位利令智昏的砍树市长，除了愚蠢和无知，真不知道还能用什么样的词汇来形容。在这样一个愚蠢和无知的市长主政下，古城南京的城市现代化规划，其糟糕程度可想而知。

南京作为一座经常被血洗被征服的城市，它的忍受程度，相对于其他城市，要强大得多。逆来顺受是这个城市的基本特点之一，国家兴亡匹夫有责，然而在现代都市的建设中，老百姓通常都是无能为力，种树或砍树，文物古建筑是不是要保留，肉食者谋之，当官的说了算，有权的人拍拍脑袋就可以决定。当然，大家心知肚明，不仅有过许多次被屠城的南京如此，中国的城市建设都有可能是这样。南京的城市现代化建设中，虽然长官意志错误百出，教训深刻，却从来没有一任官员，为规划失误买过单。

一个现代化城市，保持着适当的陈旧很有意义。再以同样让人感到骄傲的古城墙为例，因为风吹雨打日晒，因为战争，因为一场又一场的政治运动，南京的明城墙到处都可以见到残缺。没有残缺就不是古城，断壁残垣有时候是一道非常好的风景，可以作为最好的历史标本。南京明城墙历经沧桑，有的是在太平天国攻城时被炸坏，有的是在二十世纪五十年代被野蛮拆除，根据修旧如旧的恢复原则，如果不能恢复原样，就应该保持不变。多少年来，对于古城墙修建，我一直持保护态度，一直反对粗暴简单的修复和重建。十多年前，在一个讨论明城墙如何保护的专家会议上，我曾向有关领导提出抗议，说对古城墙的破坏，今天的新建正在起着非常糟糕的破坏作用。大段大段新城墙拔地而起，成为十足的假古董，它不是在创造历史，而是在破坏历史。

新修的城墙和城门让人看上去惨不忍睹，城砖是新烧制的，上面竟然还印着公元某年字样。南京市民和西安市民打嘴仗，争论哪家的城墙更好更古老，人家就把图片发出来示众和讥笑。这种对文物缺乏最起码尊重的复古，把南京这座历史悠久古城折腾得不伦不类。我们都知道，世界上很多事情都是相对的，古城墙可以是一个城市的宝贵财富，同时，注定也是一种束缚，它对现代化交通，对城市市民出行，会有非常大的影响。早在南京国民政府时期，为了疏通交通，城市规划者就不止一次在城墙上打过主意。事实上，南京市民今天早已习惯的那些被动过手脚的古城门，譬如玄武门，譬如中山门，还有仪凤门，早就不是原物，都是经过了加工和改造。现在重新回顾它们，差不多已快一百年时间，想当年，人们对历史文物的认识，远不能和后来相比，然而考察当时的改造工程，和今天对照，仍然要高明许多。

首先从美观上来说，各种比例关系还是对的，城门变高了，城楼也相应做了一些改变，看上去还不是太离谱。不管怎么说，仍然还是和谐的，大家也还能接受。改革开放以后的这几十年，南京市政府开始有钱，明城墙保护的投入大大增加。决策者的重点只是一门心思，要把早已断裂的城墙重新联接起来。所谓保护，变成了重修围墙，就好像一个土财主暴富了，赶紧要用高墙将豪宅围起来。结果便是让人哭笑不得，中华门的东西两端，原有的豁口确实连起来了，变成一个整体，变成一个空中通道，上面可以行驶电动观光车，每辆车可以坐上十几个观光客。在一个现代化都市里，怀旧常会被这种非常浅薄的观光所替代，观光客需要的是热闹，是偷懒和舒适，而我们的决策者很在乎这种热闹，很在乎这种不动脑子的偷懒和舒适。

二十年前，我曾经陪同汪曾祺先生登中华门城堡，登高望远追古抚今，他老人家很感慨，说这地方非常好，太好了，比天下第一关的山海关还要好。他老家说得不错，中华门城堡确实是个好地方，可是现在又变成了什么样子呢。现在的这一段城墙完全变成了怪物，惨不忍睹，断裂的城墙连起来了，原本没有城门的地方，非常丑陋地出现了几个门洞。打一个比方，通常城门与城墙的关系，它们的比例应该是一个竖着的草鸡蛋，窄窄的，细细的，现在为了通行汽车，变成了一个个扁胖的城洞，仿佛一个洋鸡蛋，不是竖着，是横卧在那，远远地看过去非常滑稽，非常难看。最不能容忍的是，这样的门洞还不止一个，在一段不是很长的距离中，比例严重失调的门洞竟然有好几个。

再也没有什么破坏比这个更让人痛心，为了城市的安全，一段城墙上只有一个门洞，这是最基本的道理，像现在这样接二连三，在短短一条连轴线上，一个接着一个，仿佛河岸边的螃蟹洞，完全是莫名其妙，是可忍，孰不可忍。如果汪曾祺先生见到这一幕，他会怎么说，他又会发出什么样的感叹。在城市决策者眼里，汪先生的观点根本不重要，秀才遇到兵，有理说不清，况且，文化人的观点也不可能铁板一块，上有好者，下必有甚焉者矣，我们都知道，很多错误决定和馊点子，本来就是那些没文化的文化人想出来的杰作。

有一年，台湾的张大春来南京做图书宣传，我有幸做陪，一位本地读者站起来指责，说我只知道躲在秦淮河边一味怀旧，对南京的砍树毫无表示。他认为作家在这件事情上是有责任的，有义务反对，作家是灵魂工程师，应该像鲁迅先生那样，路见不平，拍案而起拔刀相助。我不知道该怎么回答，感受最深的不是这样提问对不对，而是和他一样，对城市的砍树，对古城墙的破坏，充满了一种莫名的怨恨。我想起了那次南京明城墙保护专家会议，当我提出抗议以后，参加会议的最高领导只是笑着点头，然后非常平静地总结陈词，说叶先生的话很有意思，但是，我可能要很遗憾地告诉他，南京的这个城墙，我们还是要修的，还是要把它给连起来，为什么呢，因为它是世界上最长的城墙，是独一无二。

怀旧向来都是纸上谈兵，不妨再接着聊几句苏州。南宋期间，金兵南下，苏州古城毁于战火。其后一百年间，废墟中的苏州不断恢复和发展，当时的郡守李寿朋让人在石碑上绘制了《平江图》，它是我国现存最早的一幅古代城市规划图，观察这幅图，我们可以清晰地看到，茫茫太湖在城西，大海在城东，湖水自西而来，经苏州城潺潺东流，最后进入大海。要强调的一点是，古城内一条条河道都是人工开凿，它们构成了完善的城市交通系统，"水陆相邻，河街并行"，既成为古代苏州老百姓的日常生活常态，同样也是此后江南水乡城市的基本样板。

通过怀旧，我们可以发现，一个好的城市规划可以造福市民很多年。苏州城多少年来能够独领风骚，与当初良好的城市规划分不开。有时候，一个城市遭遇了灭顶之灾，成为一片废墟，只要获得机会，计划得当，完全有可能再次重生。世界上很多著名城市都是这样，不破不立，一张白纸能画最美的图画。仍然是以江南城市的"前街后河，家家临水"为例，在古代中国，它是一种最合理的城市形态，因为合理，可以经历千百年而不变，譬如南京内秦淮河边众所周知的"河房"，这种传统民居早已为大家所熟悉，孔尚任在《桃花扇》中就曾经写道：

梨花似雪柳如烟，

春在秦淮两岸边；

一带妆楼临水盖，

家家分影照婵娟。

张岱《陶庵梦忆》对河房也有精彩的描述：

秦淮河河房，便寓、便交际、便淫冶，房值甚贵，而寓之者无虚日。画船箫鼓，去去来来，周折其间。河房之外，家有露台，朱栏绮疏，竹帘纱幔。夏月浴罢，露台杂坐。两岸水楼中，茉莉风起动儿女香甚。女各团扇轻绡，缓鬓倾髻，软媚着人。

时代毕竟是发展的，用现代化的目光来考量，这种已经成为传统的沿河建筑，无疑有着巨大的环保问题。过去可以千百年不变，现在还真不能不变。朱自清先生的《桨声灯影里的秦淮河》提到河水"是碧阴阴的"，"看起来厚而不腻"，这是非常客气的说法。事实上当时的污染已相当严重，沿岸河房对环境已经造成了很大的破坏。一九二七年民国政府定都南京，请来一位叫墨菲的美国人进行城市规划，在墨菲的主持下，编撰了一本厚厚的《首都计划》，在计划中明确提出要将首都南京建设成为全国城市之模范，并且要与欧美名城所媲美。这本书的序还特别强调，"此次计划不仅关系首都一地，且为国内各市进行设计之倡，影响所及至为远大。"可惜因为战争爆发，这本吸收了古今中外城市设计先进理念的《首都计划》，更多的只能是一纸空文，对于一个喜欢怀旧的作家来说，它留下太多让人唏嘘之处。

如何保留明清风格的城南，如何整饬河岸，如何规划未来，如何雨污分流，《首都计划》中都有详细说明。结果却是再一次叹息，南京的城市建设并没有按照这个计划去做，江南的许多城市也都没有参照。早知当初，何必今日，在过去很多年里，这本计划书根本不存在，因为南京早就不是什么首都。历史的发展并不以人的意志为转移，上世纪的中国城市现代化进程，由于战争，由于政治运动，停滞了很长时间，不仅是停滞，甚至还会倒退。然后步伐突然加快起来，紧接着便是河道被堵塞，被填埋，被过度开发，这样做最省事，最快捷，最不负责任，虽然后果很严重。经过野蛮拆迁，经过轻率新建，南京不再是南京，苏州不再像苏州，很多不像话的工程，很多长官意志，被当作教训，被当作学费，轻轻一笔也就敷衍过去。

怀旧仅仅作为一种时髦没有意义，怀旧从来都不是简单守旧，从来都不是庸俗复古。一个真心喜欢怀旧的人，往往会是个理想主义者。历史经验值得注意，历史教训必须吸取，温故可以知新，怀旧能够疗伤。怀旧不应该成为简单的目的，不应该只是停留在文化层面上。在城市现代化建设中，怀旧也许只是想提醒我们，该做什么，不该做什么。只是为了继往开来，因为没有过去，也就没有了未来。

桥

一

　　江南的桥数不胜数，小桥流水人家。人从桥上走，水自桥下流，一切都很平常。童年记忆中，第一次对桥有深刻的印象是在"文化大革命"刚开始。一个大一些的小男孩，十分神秘地问我们，能不能找到一条路，不经过桥，就能到达夫子庙。这问题引起了好奇心，充满了挑战的意味，我们于是逃学，走了差不多整整一天，遇到桥就绕路，没有路便回头，所有的路都踩遍了，终于得到答案，不过桥，只能隔岸观望。

我们用同样的问题问别的孩子，有时候，甚至问那些什么事似乎都已明白的大人。谁都不相信不过桥就到不了夫子庙。一个上了年纪的老人说我们是胡说八道，大家都觉得这些孩子太天真了，夫子庙又不是孤岛，它就在市中心，有那么多条路，又是大家经常要去的地方。

经常去，天天走过，临了，对自己是不是过桥这么简单的小问题，却不得不产生疑义。可笑的是，大人常常不愿意在小孩子面前，承认自己的无知。那时候不知道去找地图看，也许拿一张地图出来，大家立刻无话可说。很长的时间里，小脑袋瓜里总有这问题纠缠，我是个信心不足的孩子，更多的时候宁愿相信自己错了。虽然这条路根本就不存在，然而我还是怀疑，也许有条秘密的通道被我们漏了过去，这条路直通夫子庙，用不着经过任何一座桥。

二

"文化大革命"越来越激烈，我去了农村外婆家，在那上小学。小学校建在河坡上，有座窄窄的木桥，小孩子眼里就算很高，很悬，人在上面走，能听见叽叽咔咔的摇晃声。

夏天到了，一下课，差不多所有的男孩，都脱了短裤，光着屁股争先恐后地往河里跳。我是个城市里的小孩，刚开始众目睽睽之下光屁股，真有些不好意思。当时的情况下，大家已经光屁股了，如果你穿条游泳裤，反而显得有些怪。不仅是农村的小男孩，就是大人，下河也光屁股。唯一的例外是我们的语文老师，他是个复员军人，当过兵的，讲究文明，记得当时有人讥笑他，说："你又没两个那东西，怕谁看呀！"

桥上有几个女孩子在看我们戏水，因为有女孩子看着，我越游越快。乡下的小孩比不了速度，就和我比胆大，比谁敢从高高的桥上往下跳。那桥确实有些高，刚开始，谁也不敢跳，大家胆战心惊地翻过桥栏杆，做出要跳的模样，比画了半天，不敢撒手，一撒手，人就会掉下去。

女孩子们在一旁叽叽喳喳地看着，终于有个叫和尚的调皮蛋，一不小心，像下饺子似的，平躺着掉了下去，"嘭"的一声，溅起很高的水花。女孩子们一片声地惊叫，所有站在桥栏外面的小男孩，不约而同赶紧翻过栏杆，回到正常的桥面上，扶着栏杆往桥下看。和尚已经冒出了水面，这一摔，胆子摔大了，湿漉漉地重新回到桥上，越过栏杆，二话不说就往下跳。

和尚是第一个敢从高高的桥上往河里跳的小男孩。刚开始，就他一个人敢这么做。渐渐地，敢从桥上往下跳的孩子多了起来。我几次下狠心，想闭上眼睛往下跳，就是不肯最后撒手。

敢不敢从高高的桥上跳下去，说穿了，是心理障碍，我很后悔自己当初的胆小。直到现在，胆怯仍然伴随着我，其实当时咬咬牙，真跳下去，后来的情况会完全不一样。有些事，小时候不敢做，长大了，更不敢。如今，我可以在水里不间断地游上一个小时，但是如果从游泳池边上往下跳，却仍然有一种由衷的害怕。

三

与外婆家隔河相望的村子叫河东村，我至今不知道这村子叫什么名字。河东村只是外婆村上的人这么叫，换句话说，河东村的人，也会用河西村来回应对方。河东河西共一个老祖宗，都姓姚，姚家祠堂在河西村，当时没什么祭老祖宗这一说，祠堂也改成了小学，印象中，两个村子的感情一直不太好。

一条河将两个村子分隔开了，一座桥又将两个村子连接起来。这座桥大家都叫它"乌龟桥"，不知道为什么取了这么一个名字，我更怀疑有错讹，也许是"五归桥"，或"吾归桥"。

河东村有个屠户，养了一条狗，那狗因为经常有肉骨头吃，毛色光亮，见生人就叫，就想咬。外婆村上的人要往东去走亲戚，必定经过河东村，那狗也坏，人成群结队地走过，只是吠，遇上单身的、胆小的，吠得更厉害，咬牙切齿地要扑过来。

外婆村上的人，恨透了这条狗，算计着想把这条狗打死了吃肉。那狗有灵性，知道有人想吃它，任你怎么哄都不过桥。河东村的人若往西走，同样要过桥，外婆村上也养了条狗，虽然瘦，见了河东村的人，一样凶神恶煞。

连接两个村子的那座桥年久失修，常发生人从桥上掉下去的事故。好在河不深，出了几回事，有惊无险，都没死人。一个小脚老太掉到了河里，一个孕妇也掉到了河里，每次都有人在一旁看到，刚掉下去，便被救起来。我在农村待了大约三年，耳边屡屡响起大人的关照："过桥小心，别掉到河里去！"

桥是一条必由之路，至今我仍然不明白，为什么当时不齐心合力，把那座桥修好。记忆中，有很多闲散的日子，憨厚的年轻人在墙角边晒太阳，没完没了地打扑克，甚至花很大的气力搭"忠"字牌楼，可就是不肯去修桥。那时候，我总以为修桥是一件很了不得的事情，后来才知道，其实那桥真要修，一点也不困难。

流　水

流水之一

上中学时，有一次看见一位居民，从门前的秦淮河里捞起条金鱼。很大的一条，可能是别人放养的，也可能是野生的，反正那鱼的颜色，和一般的缸养金鱼不一样，是青色，大尾巴。捞起这条金鱼的人，把鱼放在一个大木脚盆里养着，不少人围着看，纷纷猜测这鱼的来头。连续很多天，我们放学路上的一个重要内容，就是去看那条鱼还在不在。那人想把这条大金鱼卖了，可是一直没有买主。

那年头，若有人举着一根鱼竿，在秦淮河边钓鱼，不能算是发疯。秦淮河里确实有鱼，不仅有鱼，还有小虾。孩子们在河边玩耍，手疾眼快，用捞鱼虫的小网兜迅速出击，便能有所收获。关于流水的概念，我其实到了很久以后，才逐渐明朗起来。童年的记忆中，河水永远在流，这和现在见到的情况完全不同。小时候见到的都是活水，不像现在，动不动就是臭水潭。

小桥流水人家，是典型的江南特色。记得80年代初期，秦淮河排水清淤泥，几个喜欢收藏的朋友闻讯，赶过去淘宝贝，高高地卷起裤腿，光着脚跳下河，从几尺厚的淤泥中，搜寻前人留下来的文物。忙了几天，把能搜集到的破青瓷碗、有裂纹的花瓶、断的笔架、还算完整的小鼻烟壶，喜气洋洋地都席卷回家。说起来都是有上百年的历史，喜欢古董的朋友就好这个，他们博古架上的供品，有很多好玩意儿其实就是埋在河底的垃圾。过去年代里失意的文人，无所事事的贩夫走卒，得志的和不得意的官僚，未必比今天的人更有环保意识，有什么不要的东西往河里一扔，便完事。

不妨想象一下，河水不流，又会怎么样。壤非壤不高，水非水不流。流水不腐，秦淮河要是不流动，早就不复存在。正是因为有了秦淮河，我们才可能在它的淤泥里，重温历史，抚摸过去。这些年来，人们都在抱怨秦淮河水太臭，污染是原因，水流得不畅更是原因。流水是江南繁华的根本，流水落花春去也，看似无情，却是有情。是流水成全了锦绣春色，江南众多的河道，犹如人躯体上的毛细血管，有了流水，江南也就有了生命，就有了无穷无尽的活力。

流水之二

"昨夜月明江上梦，逆随潮水到秦淮"，这是王安石诗中的佳句。如果说水乡纵横交错的河

163

道，是毛细血管，长江就是大动脉。大江滚滚东流去，奔腾到海不复还，古人把百川与大海汇合，比喻为诸侯朝见天子。长江厉害，更厉害的却是大海。因此，江南水乡的人，对潮起潮落会有很特殊的感受。水往低处流，长江下游，受到潮汐的抵挡，水位迅速变化。

以我外祖母家后门口的石码头为例，潮来潮去，一天之内的落差，可以有一两米高。清晨起来，河水已泛滥到了后门口，站在门外稍稍弯腰，就可以舀到水。到了下午，滔滔的河水仿佛脸盆被凿了个洞，水差不多全漏光了，要洗碗洗菜，得一口气走下去许多级台阶才行。

现如今的江南，已很难看到潮起潮落。到处修了闸，水位完全由人工控制。人的日常生活，和潮汐几乎无关。要说这种变化，也不过是近二三十年的事情。我在农村上小学的时候，吃完饭，大人把锅碗瓢盆放在河边的码头上，慢慢地涨潮了，河水漫上来了，到退潮以后，容器里常会有小鱼留下来，慌乱地游着。那鱼是一种永远也长不大的品种，一寸左右，大头，看上去有些像蝌蚪。

水乡的男孩子没有不会捉螃蟹的，秋风响，蟹脚痒。三十年前，江南水乡，到处可以见到螃蟹，河沟里，田埂旁，捉几只螃蟹来下酒，谈不上一点儿奢侈。流水是螃蟹的生命线，水流到哪里，哪里就有螃蟹的足迹。

如今是在梦中，才能重温当年捉螃蟹的情景。要先找螃蟹洞，发现了可疑洞穴，便往里泼水。如果有一道细细的黑线涌出来，说明洞里一定有螃蟹，于是就用一种铁丝做的钩子，伸进去，将那螃蟹活生生地揪出来。这是一种野蛮操作，螃蟹会受伤，受了伤很快会死，死螃蟹绝对不能食用，所以不是吃饭前，一般不用这种下策。

聪明的办法是用草和稀泥和成一团，将洞堵死，然后在旁边做上记号，隔三四个小时再来智取。取时手穿过堵塞物，沿着洞壁慢慢伸进去，抓住螃蟹的脚，另一只手拿开堵塞物，螃蟹也就手到擒来。螃蟹意识到氧气不足的时候，会不得不往洞口爬。

如此捉蟹的方法，关键要掌握好时间，太短了，手刚伸进去，螃蟹还未进入昏迷状态，仍然要往后逃，太长，便会憋死。

流水之三

苏州人嘴里，河与湖发同样的音。这种巧合，反映了江南人对水的看法，在长江下游的人眼里，河与湖没什么太大区别。

我有个亲戚阿文在江南水乡插队当知青，按辈分，比我小一辈，按年龄，却比我大了差不多十岁。他长得非常帅，而且聪明，一转眼，在乡下已经当了五年知青，中学里学过的教材仍然不肯丢，没事就看书，还偷偷自修英语。

他中学学的是俄语，当时中国和苏联关系紧张，原来学的那点儿俄语根本没什么用，基本上忘光了。记得有一次说好了一起去赶集，他兴冲冲借了条船回来，笑着说：

"明天我们一起坐船去，我正好要去接一个人。"

在水乡，船是最重要的交通工具。知青下乡，首先要学的就是摇橹。我曾经尝试过许多次，划不了几下，橹就会掉下来。第二天一大早，阿文打扮得干干净净，扛着一支橹接我来了。那天走了很多路，去镇上的路并不遥远，可是船在镇边上停了一下，就马不停蹄继续赶路。

去镇上只是一个幌子，因此我跟着他坐了整整一天的船，还饿得半死。后来才知道他要去接的人，是个女孩子，是阿文朋友的女朋友。春光明媚，正是菜花开放的季节，菜花金黄，麦苗青翠，天空中飘着大朵大朵的白云。阿文的朋友被推荐上了大学，在大学里学地质，他有个同学生病回乡，便托这位同学带封信给他的女朋友。

我不知道为什么那信要托人带，而不是直接寄，并且要绕个大弯子，由阿文带着她去取。很多事一直也没有弄明白。阿文和女孩子显然很熟，她生得极小巧，皮肤很白，戴个大草帽坐在船头。我至今仍然能记得草帽上的一行红字，"将革命进行到底"，日晒雨浸，字迹已斑驳脱落。

一路上，大家都不说什么话，我觉得很闷，很无聊。终于到了要去的地方，见到了那位同学，在那儿吃了饭。女孩子看完信，似乎有些不太高兴，老是冷笑，笑得莫名其妙。

后来就是回程，先送女孩子。女孩子也是知青，是上海人，回去同样没什么话，半路上，她突然开口，冷笑说：

"我们真倒霉，来时逆水，回去，又是逆水。"

船在航行，坐船上的人并不太在意水的流向，经她一提醒，我才注意到水流很急，水面上漂着杂草和浮物，难怪我们的船慢得够呛。

阿文笑着说："你倒什么霉，吃苦的是我，涨潮落潮全赶上了。"

我们披星戴月，很晚才到家，阿文活生生

地摇了一天的橹，却没有一点儿疲劳的样子。整整一天，他都是很兴奋，我当时有种感觉，觉得阿文是有点儿喜欢那女孩子，因为喜欢，所以兴奋。当然只能是喜欢，没什么别的意思，毕竟是他朋友的女友。岁月如流水，许多年过去了，往事不再，据说女孩子后来和一个毫不相干的人结了婚，阿文对这事闭口不谈。

文化中的南京

　　南京这城市，很容易先入为主，给人良好影响。许多人还没亲历现场，心已事先被折服。譬如唐朝的刘禹锡，根据施蛰存先生考证，他并没有以旅游者身份来过南京，可是没调查没发言权这话对他不适用，在这位大诗人眼里，六朝古都不过是一座纸上的城市，他眼红别人写的几首关于金陵的诗，技痒难熬也一气写了五首。其中两首七绝成为南京最著名的商标，为有名或无名的书画家所热爱，挂在各大宾馆酒店的墙壁上供人瞻仰。"山围故国周遭在，潮打空城寂寞回"，是咏石头城。"旧时王谢堂前燕，飞入寻常百姓家"，是今昔的对照和感叹。

唐诗宋词中，南京充满文化。文化的味道有点酸，也有点自娱自乐。文化人通常都不会太得志，不得志，借着南京的悠悠历史，便可以弄点小酒，追古抚今发个牢骚，风吹柳絮，吴姬压酒，李白很潇洒地来了，先一个劲儿猛喝酒，干杯干杯再干杯，然后玩一回开心辞典，考考前来送行的金陵子弟。"请君试问东流水，别意与之谁短长"，这两个东西没办法比，无形的别意与有形的流水，没办法比就是文化，就是诗。

浮云蔽日，长安难见，南京这城市有着太多历史的含金量，因为多，常把访问者绕糊涂了。外地的文化人来南京，借着知道的那点唐诗宋词，动不动就要问起"无情最是台城柳"的台城，就要问起"二水中分白鹭洲"的白鹭洲，这些地名旅游图册上仍然还有，但是你如果真相信了，那就只能上当。

也还是在唐朝，杜牧的"商女不知亡国恨，隔江犹唱后庭花"，活生生把南京钉在了历史耻辱柱上。这城市以出亡国的后主闻名，大名鼎鼎的孙权是如何英雄，他的后人却想用条铁索锁住滚滚的长江。接下来的陈后主、李后主，更是一蟹不如一蟹，个个见美人情长，当英雄气短。都是些没出息的皇帝，城岂能不破，国焉能不亡。陈寅恪先生对杜牧的诗进行考证，得出一个斩钉截铁的结论，认定不知亡国恨的商女，应是"扬州之歌女而在秦淮商人舟中"，他觉得我们对这诗的理解，有着不小的偏差，是"模糊笼统，随声附和，推为绝唱，殊可笑也"。

我是地道南京人，对陈先生一向佩服，这个独到的见解只能笑纳。把南京从失败的耻辱柱上放下来，好意固然可以心领，但是大多数读者，大多数有点文化的人，怕是还不肯轻易放过。南京一方面大沾文化的光，一方面又实实在在受文化的累。历史和文化这些好词，从来就不会平白无故。若以歌咏的旧诗词作为评定标准，无论数量还是质量，南京一定会名列前茅，就此得出结论，南京最有历史最有文化，也不能算是大错，而所谓有历史有文化，又不能不和这城市的没出息分开。

2007年1月31日　河西

诗人眼里的南京

在南京这样的城市里，太容易产生怀旧的情绪。历史上有无数优秀的诗人写过南京，写到南京必怀旧，怀旧一定惆怅。怀旧是南京一个解不开的死结。清末的一位重要诗人陈三立在感慨往事时，曾经哀叹道："何必远溯乾嘉盛，说起同光已惘然。"在南京怀旧，往远处说，可以说到新近在汤山发现的号称"金陵始祖"的南京猿人头骨，可以说到吴越争霸，说到秦始皇南巡，说到六朝金粉；往近处侃，又可以大谈中国历史上最大的农民起义太平天国，可以说汪精卫，说蒋介石，但是无论哪一桩，说到了，都是疮，都是疤，都不是滋味。

中国历史上的古都，也不就是南京这一家，西安人可以追溯秦汉和大唐帝国，河南人和杭州人可以怀念北宋和南宋，北京人可以占着元明清三朝，说起来更是财大气粗。这些古都好歹都是盛朝，南宋虽然弱一些，也有一百五十年的历史。不像南京，号称十朝古都，除了迁都北京前的明朝还像回事，都是不景气和没出息的小朝廷，不仅偏安，而且短寿。南京这地方更出名的是后主，什么陈后主、李后主，统统都是历史的笑柄。没有一个古都会像南京这样始终充满着一种亡国的气氛，正像郑板桥咏南京的诗那样：

一国兴来一国亡，
六朝兴废太匆忙。

文化人对南京特别钟情，有关南京的好诗好词多得数不胜数，名篇迭出，佳句永传。好像只是因为一而再、再而三地亡了国，才给了诗人一个表现才华的机会，好像只是因为亡国，才触动了诗人诗绪泉涌的灵感。诗人眼里的南京总是和怀旧情绪联系在一起的。历史上的文人，只要他有机会到过南京，必定要留下诗篇，大发思古之幽情。

二

真正带有怀旧情绪的诗词，是从唐朝才开始的，譬如李白的《登金陵凤凰台》：

凤凰台上凤凰游，凤去台空江自流。
吴宫花草埋幽径，晋代衣冠成古丘。
三山半落青天外，二水中分白鹭洲。
总为浮云能蔽日，长安不见使人愁。

这是盛唐时期的声音，是一个郁郁不得志者的自言自语，有诗的含蓄，却没有什么羞答答的掩饰。虽然也是怀旧，但还不至于过分绝望。盛唐就是盛唐，这毕竟是中国历史上不可多得的辉煌时期，再往后，匆匆经过中唐，到了晚唐，咏南京的诗陡然多起来，个人的牢骚已经见不到了，人们见到的只是对历史的感叹。

> 朱雀桥边野草花，乌衣巷口夕阳斜。
> 旧时王谢堂前燕，飞入寻常百姓家。
>
> （刘禹锡）

> 北湖南埭水漫漫，一片降旗百尺竿。
> 三百年间同晓梦，钟山何处有龙盘。
>
> （李商隐）

> 江雨霏霏江草齐，六朝如梦鸟空啼。
> 无情最是台城柳，依旧烟笼十里堤。
>
> （韦庄）

大唐的繁华转眼即逝，晚唐的诗人们不敢怀念盛唐，今不如昔，这话真说出来，有些犯忌，于是便在缅怀六朝金粉上大做文章。晚唐诗人写南京，总是离不开咏史的路子。盛唐的繁华和短暂，正好和六朝相仿佛。晚唐诗是中国诗歌中的精品，和盛唐诗比起来，最重要的区别，在于气势上虚弱了许多。盛唐完了，盛唐的诗也就成了绝唱。在晚唐，再也出不了李白和杜甫，晚唐人写不出盛唐气势的诗，过去有人写诗说："一种风流吾最爱，六朝人物晚唐诗。"由此可见，六朝人物和晚唐诗，在精神上颇有相通之处。六朝的人和晚唐的诗，都是没落时代的结晶。南京这地方，的确也最适合用晚唐气韵的诗歌来歌咏。

三

宋人眼里的南京，基本上继承了晚唐诗人的路子，仍然是咏史，不过已不像晚唐诗人那样不见个人的情感。姜夔的《杏花天影》，曾是我最

喜欢听人吟唱的一首词曲，那动人的旋律常在我
耳边回响：

> 绿丝低拂鸳鸯浦，想桃叶当时唤渡。又
> 将愁眼与春花，待去，倚兰桡更少驻。　金
> 陵路，莺吟燕舞，算湖水知人最苦。满汀芳
> 草不成归，日暮更移舟向甚处。

上面这首词是诗人路过金陵，在秦淮河上触
景生情，想起桃叶和王献之的爱情故事，欣然命
笔写成的。姜夔的词整个是晚唐诗人的意境，然
而掩盖不住的儿女之情，已经跃然纸上。值得怀
旧的南京在这里已经成为背景。姜夔显然是把晚
唐诗人擅长的咏史和抒情两类不同的风格，巧妙
地糅在了一起。这也是宋人的本事，既怀旧咏
史，又婉约写情，可惜的是，词虽然写得漂亮，
写得精巧，却有些小家子气。

　　另一位南宋诗人文天祥过南京时，写的
《金陵驿》就大不一样。当时他身为元兵的俘虏，

即将被押往元大都，在金陵驿站小憩，同样是触景生情，想的事却完全不一样。目睹国家已亡，文天祥心痛欲裂：

> 草合离宫转夕晖，孤云漂泊复何依？
> 山河风景元无异，城郭人民半已非。
> 满地芦花和我老，旧家燕子傍谁飞？
> 从今别却江南路，化作啼鹃带血归。

时代不同，声音不同。人不相同，声音也不会相同。文天祥在南京的怀旧诗中，也有和前人一样凄凄惨惨的感叹，然而更有一股悲壮的英雄气。这是一个志士取义成仁的最后的声音，是一首没有豪言壮语的正气歌。

文天祥是进士出身，而且是名列第一的状元，他能写出好诗不奇怪。六百年以后，湘军死死地将太平军围在南京城里，忠王李秀成登上了石头城，这位农民起义的草莽英雄也作了一首七律，真是太可以让人赞叹：

鼙鼓声声动未休，关心楚尾与吴头。

定知剑气飞腾日，犹是烟尘扰攘秋。

万里江山多筑垒，百年身世独登楼。

匹夫怀抱兴亡责，敢把功名付水流。

　　凡是写南京的诗词，必可以从怀旧中，听
到一种亡国的声音。亡国之恨是南京历史上永远
的痛。忠王李秀成的这首七律，和文天祥的诗一
样，既悲且壮，洋溢着一种虽败犹荣的英雄气。
这种不可多得的英雄气是写南京的诗词中的别
调，是主旋律之外的另一种声音。虽然也是失败
者的呼声，却是不同凡响。

四

　　在南京这地方，写出好诗不是什么难事，
做了汉奸而遗臭万年的汪精卫写的诗并不坏，
在一个重阳节，汪精卫登上了北极阁，填了一
首词：

城楼百尺倚空苍，雁背正低翔。满地萧
萧落叶，黄花留住斜阳。　　阑干拍遍，心
头块垒，眼底风光。为问青山绿水，能禁几
度兴亡。

这首词仍然是怀旧情绪的老套子，在汪精
卫的诗词中算不上上品。这种情绪其实只是
一种文人骚客的毛病，会写诗的人，都是这
么诌的。

表现南京的诗词，肯定不会少于成千上万
首。光是选本就有许多种。咏南京从来就是个
好题目。按照老套子做，只要懂一些平仄对仗，
便足以写出一些看上去似乎不坏、能蒙蒙人的
诗来。

诗是心灵的写照，一个失意者常常能在南京
找到共鸣。南京的特点，在于它始终以一个失败
者的面目出现在人们面前。人们在遥想当年辉煌
的同时，其实也就是在感叹今日的潦倒。《桃花
扇》中的男主角侯方域一出场，便吟《恋芳春》

一首：

> 孙楚楼边，莫愁湖上，又添几处垂杨。
> 偏是江山胜处，酒卖斜阳，勾引游人醉赏。
> 学金粉南朝模样，暗思想，那些莺颠燕狂，
> 关甚兴亡。

孔尚任这是借侯方域的嘴，换个角度咏南京。"又添几处垂杨"，无非是"无情最是台城柳"的意思，而"莺颠燕狂，关甚兴亡"，活脱是"商女不知亡国恨"的写照。古人写诗，有时候就是在那么几个意思上转来转去，这就好像书法一样，正隶行草篆，变来变去，跳不出如来佛的手心。

五

在写南京的古诗中，不妨听听胜利者的声音。在关于南京的诗词选本中，康熙皇帝的一首诗几乎是选家必选的：

秣陵旧是图王地，此日鸾旗列队过。
一代规模成往迹，千秋兴废逐流波。
宫墙断缺迷青琐，野水湾环剩玉河。
治理艰勤重殷鉴，斜阳衰草系情多。

皇帝就是皇帝，何况是武功盖世的康熙。只有胜利者，才能发出这样允满王气的声音。

钟山风雨起苍黄，百万雄师过大江。
虎踞龙盘今胜昔，天翻地覆慨而慷。
宜将剩勇追穷寇，不可沽名学霸王。
天若有情天亦老，人间正道是沧桑。

毛泽东的这首《人民解放军占领南京》，气势磅礴，为写南京的旧体诗画了一个句号。

芥子园在什么地方

　　浙江朋友来南京玩，狡黠地问芥子园在什么地方，我立刻犯糊涂，一时真答不出来。他早料到结局，笑着说在兰溪，我连声嚷嚷不可能，芥子园在南京，众所周知，差不多文化人都晓得，怎么会跑到浙江去。

　　朋友为家乡辩护，说李渔是浙江老乡，籍贯是兰溪。我听着不乐意，说李渔在江苏长大，一口苏北话，与浙江的关系，也就剩下一个籍贯。这话有点较真和赌气，李渔叶落归根，毕竟死在杭州。胡搅蛮缠地抢夺历史文化名流，不仅有失风度，而且十分俗气。但是就算李渔是浙江人，人是活的，园子是死的，芥子园明明建在南京，怎么可以把它移到浙江兰溪。

朋友说，上网一搜索，就知道它在哪了。他拿出笔记本电脑，无线上网查询，果然跳出许多崭新的图片。我看了不以为然，原来是个货真价实的假货。朋友说知道它假，问题是真的在哪？又有谁能拿出一个真货。芥子园早没了，它曾经辉煌一时，大出风头，然后无影无踪。人去园废，沦为菜地，盖起了房子，旧房没了，又盖起新高楼。今天，专家或许能告诉你大致在什么地方，譬如南京城的西南处，譬如秦淮河边，说白了，也就是给人一点儿历史信息和文化破烂儿。

李渔搁历史上，是个可有可无的人。不喜欢的，觉得他旁门左道，聪明过于学问，立身不谨，甚至有些下流。喜欢的，认为他非常了不起，多才多艺，戏曲和小说都玩得不错。他的戏剧，与同时代的莫里哀可以一拼。代表作《闲情偶寄》，后来的很多文化人极力推崇。他在南京的别墅芥子园，被誉为园林艺术的经典，而在这里编辑出版的《芥子园画谱》，成了中国画的教科书。

文化正在变得越来越时髦，李渔的行情也越来越被看好。重建芥子园，成了许多有识之士的梦想。浙江人捷足先登，南京方面也在喋喋不休，为选址暗暗较劲。园址应该在什么地方，公说公理，婆说婆理，个个理直气壮。我们总是习惯再造历史，有人毅然请命，有人慷慨立项，劳民伤财在所不惜。为此，我的观点很简单，真迹既然不存在，假的赝品建哪都多余。

不妨把芥子园建在内心深处，人的脑袋只有椰子那么大，却能装下万卷诗书。如果我们的心里有，现实世界是否重建一个芥子园，已根本不重要。如果没有，再造十个八个也白搭。重建芥子园，完全可以成为虚拟的事实，按照这个思路，尽可能地出版李渔原著，多写一些与他有关的文字，充分发表不同观点，编丛书或出刊物，在网络上建立一个专门的网站，让物质的芥子园变成精神的文化家园，少花钱，多办事，何乐不为。

2008年7月4日

说不完的玄武湖

根据专家考证，南京玄武湖公园有一百年历史。只要是个整数，往往会让人感到兴奋，就要庆贺，就可以开讨论会。按照中国传统，"百年"并不是好词，通常都有暗指，然而为热闹，也顾不上了。

有专家小心翼翼提出观点，说玄武湖公园很可能是中国历史上的第一，理由是还在大清朝的时候就有了，那年头除了皇家园林，便是私家园林，普天之下莫非王土，有一个属于老百姓的公园肯定很了不得。1909年，南洋劝业会在南京召开，为方便游客观赏玄武湖，当时的两江总督在城墙上开了个叫"丰润"的门洞，这就是后来的玄武门，而玄武湖公园也因此诞生。

公园的意义就在于"公"，在于为公共所有，在封建社会，公是共和的先声。有幸参加了庆贺的讨论会，回家上网检索，发现齐齐哈尔的龙沙公园更早，有1904和1907年两种说法，有专家指出它才是清政府营造的最早公园，心里不免为玄武湖公园失落，有种与吉尼斯纪录失之交臂的遗憾。是不是第一并不重要，南京人值得骄傲的，应该是民国时期的一些记录，在1929年的《首都计划》中，南京城内的公园面积与欧美各大城市相比，占有十分明显的优势，有了玄武湖公园，有了中山陵风景区，南京"分配每英亩公园之人数"仅多于华盛顿，与纽约、柏林、伦敦、巴黎相比，数量要少许多，换句话说，南京的人均公园占有率在当时相当高。

既然是参加讨论会，难以逃避发言，我硬着头皮说了两个意思。第一，希望玄武湖永远不要变为一个大工地，十多年前，我在湖边遇到一位正在考察的老同学，他踌躇满志，正受一家外国财团委托，打算把玄武湖按照世界地图建成一个五洲公园，盖上各种风格的建筑，像深圳的世界之窗那样。我当时就想，这事真要成了，玄武湖就遭大殃了，谢天谢地总算没成。第二，让玄武湖成为南京人的后花园，真正为老百姓所拥有，让市民充分享受。一个位于市中心的大公园，如果只是为吸引外地游客，只是惦记着别人口袋里的银子，在这根本见不到本地人，怎么说都有点悲哀。就好比有个很好的大房子，自己舍不得住，成天空关在那等待出租。取消收费或许是不错的办法，国内外经验已证明这一招确实有效。"寂寞空庭春欲晚，梨花满地不开门"，没有人气的公园怎么说都是不好。二十世纪三十年代，民国最热闹之际，夏天来了，玄武门城门大开，不收门票，变为避暑消夏的最好去处，整个公园成了欢声笑语的不夜城。此情此景，常让一度是首善之都的老南京人缅怀。

2009年8月19日

春游良可叹

　　三十年前的初春，读大学三年级，课程谈不上紧张，无聊得厉害。一连下了好多天雨，又冷又湿，终于拨开乌云见太阳。我们决定逃课，出去郊游，寻找阳山碑材。

　　在这之前，拜访过南唐二陵。那年头，南京郊区很多景点尚未开发，没高速公路，甚至没柏油马路，地图上也查不到，书里只是淡淡写了几句，你冒冒失失去找，真不一定能找到。那年头的荒芜，今天很难想象，没一点儿保护，没任何开发，南唐二陵像两个废弃的小煤窑。两扇斑驳的木门紧锁，想进去看看，有人告诉我们该去哪找钥匙。然后就进去了，没电，也没带电筒，点个小火把，胡乱地看了几眼。

阳山碑材离公路不远，中学时下乡劳动，在附近村子住过，耳闻不曾目睹。快到目的地，不要问阳山碑材，当地人弄不清楚，要问坟头。你一问坟头，立刻有人会告诉怎么走，坟头是地名，据说当年开采碑材，死了很多人，都埋在这儿，因此坟头名气更大。找到了坟头，很快可以见到阳山碑材。村民会说你看见那山坡了吗，走过去就是。我们觉得非常了不起的人类文化遗产，当地人眼里，也就是几块光秃秃的大石头。穿过山间小路，拨开挡路的树枝，一直往前走，废弃野外的阳山碑材突然出现在你的面前。接下来，不需要再用文字来描述，面对一个世界级的奇观，心情将豁然开朗，思绪会十分活跃。

无论南唐二陵，还是阳山碑材，当年的印象都非常美好，非常深刻。它们形象地解读了南京，是古城的最好标本，南唐小朝廷的孱弱，大明永乐王朝的强盛，有这两个景点作证，足够说明问题。六朝以来，南京始终在孱弱和强盛之间徘徊，"无情最是台城柳，依旧烟笼十里堤"，因为有了它们，想怎么解释南京的历史都行，可以说强悍，也可以说怯懦。

最值得回味的是未开发前的那种原生态，这是春游可遇而不可求的境界，荒凉也是一种美，给人产生的震撼远非用围墙圈起来所能相比。这两个地方后来都不止一次去过，可惜已被开发，被保护，有幸成了公园。有时候，一个景点的开发和保护，会变成一次更大的破坏，我并不是抗议收费，而是感叹太多的人工，太多的这个那个，失去了让游客浮想联翩的历史沧桑。

一年四季在于春，春游犹如品新茶，要抓紧

时间，要趁着年轻。非常怀念三十年前的那些春天，那些能有所发现的郊游，至今仍让我激动不已。毫无疑问，春游要带点春天气息，要稍稍花点力气，要别出点心裁，有发现，才有喜悦。也不用走很远，在南京的周围就可以。

2011年3月2日

常州印象

　　对常州的印象，总有点匆忙。记忆中的第一次印象，在我十岁的时候，正是"文化大革命"第二年，到处乱得不得了，是地方就在武斗，我去江阴路过常州，下了火车，急匆匆去长途汽车站，记忆中当时气氛非常紧张，空气中仿佛都有火药味，路上老听说什么地方打死了人。

　　以后有过好几次去常州的机会，都是去江阴

时路过，因为是路过，每次一定匆忙，看一眼就走。我有个不太准确的印象，就是好像在常州坐过黄包车，是黄颜色的，喇叭是一捏就怪响的橡皮球，声音很刺耳。我不敢肯定这个印象的准确性，因为那是一种梦幻般记忆，模模糊糊，并不太真实。天知道常州有没有过这种黄包车，如果有，也记不清楚自己当初为什么要坐。坐在黄包车上，很像是属于剥削阶级的人士，那年头穷人万岁，难道还会有这种为剥削阶级服务的车？

第一次有机会真正品尝常州，是在读研究生期间。那一次去常州看高晓声叔叔，完全是心血来潮，也不知怎么就想到了他，糊里糊涂人已到常州。下火车以后，站在大街上，突然发现自忘了带地址。这是一个不能原谅的错误。时间是下午三点钟，我一时真不知道怎么办才好。好在还能依稀记得桃园新村几个字。附带说一句，至今也弄不明白是桃园还是桃源，反正读音一样，问路时也不至于发生误会。我这人经常出这样的洋相，有一次给高晓声寄信，地址上漏写了常州两个字，只写了江苏桃园新村某某号收，结果信辗转了一个月，居然还是寄到了。

高晓声后来见了我就说："这种事，只有你，亏你做得出。"常州人热心地用很生硬的常州话为我指路，软绵绵的吴方言中常州腔始终给我留下生硬的印象，很有力，很有叛逆精神，像树棍子一样是僵直的。我已经相信自己能找到高晓声，热心的指路人给了我充分信心。一路看着野景，建设中的常州城像一个大工地，到天黑时，终于到了桃园新村，短暂惊喜之后，面对着成排的麻将牌一样的高楼，我又一次发愁。连续问许多人，大家七嘴八舌，都不知道他住在哪。高晓声在常州名气自然很大，家庭住址是个人隐私，不是什么人都知道。天越来越黑，我肚子也越来越饿，幸运的是，最终还是找到了高晓声。一位穿制服的高个子民警，像审讯小偷似的，好一番盘问，检查了我的研究生证，仔细验证证件上的相片，然后告诉我确切的门牌号码。荒唐的是，高晓声竟然就住在前面的第二栋里。这一次给我留下的深刻印象就是，相比之下，常州毕竟还是个小城市。像我这样贸然行事，不清楚地址到处相撞，如果在上海去找巴金先生，在北京去找王蒙，或者是在华盛顿找克林顿，在巴黎找德斯坦，恐怕也就没有这样的运气。

我对常州最好的印象，是那次陪汪曾祺一行游玩。那次一起游玩的都是父亲辈的老朋友，除了汪老先生外，还有黄裳先生和林斤澜伯伯，还有我父亲和章品镇先生，自然还有东道主高晓声叔叔。都是些很有文化的文人，凑到了常州，兴趣立刻是访问古迹，拜谒先贤遗址。常州向来是人文荟萃，扳起指头数一数，说出一大堆来。我们首先去了唐顺之的旧居，那地方当时正拆迁，大片大片的房子都拆了，只剩下孤零零的和废墟差不多的一小撮。记得黄裳先生很激动，很孩子气地说："这不能拆，不能拆，应该保留。"

那时候正在为这房子究竟拆不拆打官司，我们是过路客，随便动动嘴而已，说过就走的，也不知道后来到底有没有保留。看了看赵翼故居，

见到了那个让人感慨的楠木大厅。大厅依稀还有
点旧时的繁华，落满了灰尘，割居而住烧着蜂窝
煤的都是赵瓯北后人。我很冒昧地问他们是不是
都姓赵，一位中年妇女非常骄傲，说我们当然都
姓赵。赵氏子孙中，有个很让人羡慕的现代学者
赵元任。赵元任后半生一直生活在美国，曾经回
来过一次，不知道他看见祖先留下来已经斑驳的
楠木大厅，会产生什么样感想。又看了两当轩，
有点简陋和寒酸，不过和赵瓯北的楠木大厅比起
来，我似乎更喜欢穷困潦倒的黄仲则。

　　黄裳先生坚持要去看恽南田的墓，自然是
在乡下，陪同的人不好意思说太远，一再说没什
么可看的。结果还是去了，见到了那个荒芜的坟
丘，大家免不了一番感叹。纪念馆的人知道汪曾
祺和黄裳先生擅书法，硬拉住了一定要写字，于
是就写，我在旁边老老实实地看着，写了什么，
已记不清，只记得一写好赶快上车，因为天都黑
了，大家都饥肠辘辘。

　　我清楚地记得那是一个让人愉快的秋天，

吃了好几次螃蟹。那是一九八六年，螃蟹已经很值钱，吃了就不太容易忘。螃蟹不是常州的特产，不值得多花笔墨，可以说一说的，是酒醉饭饱，汪曾祺先生画了一幅螃蟹图，然后大家都在上面胡乱签字。螃蟹图画得非常棒，可惜好马不能配好鞍，一帮不会书法的人，硬是把那幅画给糟蹋了。

　　常州好吃的特产是麻糕，就在吃螃蟹的同一家馆子，我们天天都少不了吃这玩意。常州麻糕的味道和螃蟹一样让人难忘，能者多劳，汪曾祺的书法好，名声也大，店家便拉住了写匾。结果汪曾祺写了"常州麻糕天下第一"几个字，我怎么也忘不了他写最后一个字的神态，笔整个地横了过来，像扫帚一般用劲一划，大家在一旁齐声叫好。

　　我想这块匾如果后来没有挂出来，那可就太可惜了。

苏州印象

在北方人听来，苏州话和上海话没区别，软软的甜甜的，仿佛掺蜜糖的糯米元宵，苏州人一定觉得这见识很可笑。印象中的苏州人，总觉得别人可笑，四川人吃辣，山东人吃大蒜，东北人模样太大，北京人嘴贫，广东人说话像香港人，苏州人眼里都是问题。中国城市中，像苏州这样自以为是的城市并不多见。我的丈母娘是苏州人，到女儿家小住，看不惯的地方，就叹气说：
"格个南京人真谑头……"接下来是很同情，数
落一番，恨铁不成钢。

我的祖父也是苏州人，虽然一生中大多数岁
月，并没有生活在这个美好的城市里，但是偶尔也
会露出苏州人的优越。苏州人天生一种傲气，祖父
总是嫌父亲的苏州话讲得不地道，常常很愤怒地
纠正发音。父亲长期在苏南工作，接触的吴方言
多了，能说一口大杂烩的吴语，这话北方人听来
没什么分辨，但是祖父感到别扭，感到忍无可忍。

苏州话是苏州人骄傲的本钱，听苏州人吵
架，民间比喻为一种享受，晚清和民国初年，上
海滩的妓女以一口带苏州腔的吴侬软语为最有文
化品位，一个分明是在北方长大的妓女，能说半
调子苏州话也算一种特长，难怪整个吴语中，完
全靠耍嘴皮子，只有苏州评弹能站住脚，而且可
以风行很多年。和苏州人在一起，我总觉得自己
笨嘴笨舌，曾几何时，新结婚，丈母娘来做客，
自己大着舌头模仿几句苏州话，妻子和丈母娘知

道我胆小，从来不讥笑，有时还鼓励，说说得蛮好，南京人能这样，已很不容易。无知因此胆大，真以为说得不错，后来女儿大了，老在一旁捏着鼻子笑，我便发誓再也不拿腔拿调像小鸟似的学说苏州话。

妻子是正宗的苏州人，平时跟我不说苏州话，两人一起上街，买东西或者要商量什么事，忍不住就和我说家乡话。她或许觉得在南京说苏州话，仿佛外国人在中国说英语，别人不知道她说什么。为这事自己常常和她急，因为这并不保密，关键的词都让人听去了，其实南京大萝卜中，有很多人都能听懂吴方言。南京话属于北方语系，学说吴语是为难他们，真以为听不懂，就错了。

说来可笑，虽然籍贯填苏州，自己直到和妻子正式谈恋爱，才第一次去这座城市。苏州长期以来，一直在身边打转，可望而不可即。总觉得注定和自己有关系，宴会上攀同乡，套近乎说我是苏州人，还真不能算大错，既有苏州的籍贯，又是苏州的女婿，这种资格不是一般人可以拥有。小时候，我在江阴农村待过两年多，按大同乡概念，在江阴待过，应该等于在苏州待过，因为都是地道的江南水乡，风俗十分相似。外祖母家隔壁的村子，属于张家港，张家港现在还属于苏州市。

坐火车路过苏州，不止一次远远看到虎丘塔，大家一起谈话，说到苏州，自己作为一个伪苏州人，虽然插不上什么嘴，但难免有一种亲切感。第一次去苏州，好坏全留下深刻印象。

记得是去虎丘塔，因为各种印刷品上，已经屡次见到那塔的模样，眼见为实，已觉不新鲜。让人难以容忍的是人多，人太多，浩浩荡荡进去，浩浩荡荡出来，哪个角落里都是游客，想不明白怎么会有那么多人。好像电影刚散场，大家肩膀挤肩膀，一路全是热闹，叽叽喳喳，再好的心情也不会觉得这样的旅游有意思。上有天堂，下有苏杭，如果天堂果然这般喧嚣，不如老老实实在民间待着。

好端端一个风景点，成了熙熙攘攘的火车站，真煞风景。幸好还有好印象可以补充，虎丘塔太热闹，于是寻一个安谧，去沧浪亭。离妻家正好不远，太阳快落山之际进去，夕阳下，一切十分宁静。暮霭生深树，斜阳下小楼。沧浪亭不算大，公园里只有几个人，感觉完全不一样。人太多，对于苏州这样的小城市来说，永远致命，苏州园林是私家花园，注定不应该人多势众。这种园林是唐诗宋词，得静静品味，细细琢磨。

那天在沧浪亭的美好记忆，至今也忘不了，后来和许多外地人谈起苏州，总是语重心长地让人去沧浪亭。沧浪之水清兮，可以濯我缨；沧浪之水浊兮，可以濯我足。国外正流行的一句话，很适合用来形容苏州，"小是美丽的"，这句话和环保主题有关，苏州是富庶的地方，如果不注意控制，很可能演变为一个暴发的城市。不能想象苏州成为国际化大都市会是什么模样，这将是一个灾难性的变化。总以为发展就是好事，其实对于有传统的城市，保留过去，丝毫不比发展逊色。

1999年5月27日

去东山吃螃蟹

苏州的朋友登高一呼，饕餮之徒四面八方，风尘仆仆赶往东山。秋风初起，螃蟹们膏红肉肥，大快朵颐的日子到了。

人多则势众，在车上纷纷起哄，七嘴八舌，谈论文人何时开始吃螃蟹。问题貌似简单，照例不会有答案。能想起的是"蟹六跪而二螯，非蛇鳝之穴无可寄托者"。这是古代散文名篇《劝学》中的原话，意思是说，读书须持之以恒，要实实在在靠自己去努力。想不明白两千多年前的先贤笔下，螃蟹为什么会六条腿，唯一的解释是没吃过。

没吃过梨子，不知道梨子滋味，没吃过螃蟹，数不清几条腿。那年头，螃蟹肯定很多，多了就不稀罕。据说荀子是个长寿老人，常干些祭酒之类的差事，这活搁在当时，非德高望重的长者不能干。孔老夫子肉不正不食，荀子他老人家自然也不屑于螃蟹。

文人不是古代圣人，喜欢吃螃蟹。不仅文人，很多人都喜欢。平民百姓，领导干部，皆有爱蟹之心。文人的特别之处，在于自欺欺人，讨了嘴上便宜，又想获得心理安慰。丰子恺先生信佛茹素，荤腥中唯有螃蟹一味不忍丢下。可惜"四人帮"被粉碎的前一年，他已经仙逝，否则可以借机痛吃一顿，以示隆重庆祝。"四人帮"太霸道，与螃蟹的横行正好相像。

按照我的傻想法，文人喜欢吃螃蟹，首先还

是因为这玩意不值钱。历史上的文人通常不是有钱的主，囊中羞涩却希望风雅，螃蟹便是好的选择。李白"蟹螯即金液，糟丘是蓬莱。且须饮美酒，乘月醉高台"，毫无富贵之气。周恩来读书的岁月，"扪虱倾谈惊四座，持螯下酒话当年"，更是一副穷学生模样。记忆中，儿时并不喜欢吃螃蟹，嫌太费事。后来螃蟹昂贵了，这一值银子，便舍不得放弃。物以稀为贵，如今好螃蟹的高价位，我不说地球人也都知道。时代不同，丑小鸭成了白天鹅。这次品尝的螃蟹，是精品中的精品，都说太湖流域就数东山这一区域最好，生长的自然条件也最优越。地灵蟹杰，产于此地的螃蟹，绝大多数送往香港，香港人嘴馋，嘴刁，知道该吃什么样的螃蟹。

对于螃蟹我始终是外行。人贵有自知之明，不能吃了几只正宗的好螃蟹，嘴角边流过口水，立刻冒充内行胡说八道。当地形容人不会吃螃蟹，叫牛吃蟹。说到这个，真有些对不住东道主，我就是一头牛，傻乎乎只知道吃，螃蟹好在什么地方，听专业懂行的说一大堆，还是不太明白。事实上，让人耿耿于怀和愤愤不平，如此这般的上等好螃蟹，凭什么都让香港人享受。凭什么，难道因为人家口袋里有钱，有更多的港币。在商品社会，酸腐的小心眼显然不合时宜。文人的气量很小，我也不能例外。不管怎么说，让螃蟹重新为人民服务，回到普通老百姓的餐桌上，毕竟还是值得期待。

2006年9月26日

雨中游同里

一位仁兄在欧洲待了几年，回国说去过的那些名声显赫的小城，根本不当回事，说国外也就那么回事，看多了都一样，无非这堡那堡，要参观就那几样东西，市政大厅、教堂、名人故居，还有呢，就是墓地。

他的高论让人想起了江南水乡小镇，这些年，断断续续去过许多古镇，到的次数多了，眼花缭乱，便有些弄不明白。说起来各有特点，但是在我这个粗心的游客看来，大同而小异，看来看去，无非小桥流水，无非白墙黑瓦，沿街的店铺，民俗表演，没有任何特色的旅游小商品。里巷幽长，弄回路转，这样的古镇，去也罢，不去也罢。

苏州古镇可以上溯到春秋战国，最初只是一些带有军事性质的部落。随着大运河开通，这一带经济突飞猛进，小城镇便不可思议地兴盛起来。统计数字显示，此地小城镇密度远远高于全国平均数。同里的退思园十分有名，建于清末，1986年，美国纽约以它为蓝本，在斯坦顿岛植物园建造了一座江南庭院，取名"退思庄"，由此可见退思园在全世界的地位和影响。

我对水乡小镇有个错误印象，一直觉得只适合于北方人参观游览，对于干燥的北方来说，水乡小镇与他们的生活有着太多差异，有差异才能产生美。当然还可以蒙蒙老外，有距离才有吸引力，譬如在同里，你差不多天天都能看到外国人的身影。熟视无睹，事实上，我身边有很多朋友都是来自江南小镇，他们对那些闭塞的生活并没有太大好感，这些地方就是围城，在外面的人想进去，在里面的人想出来。

今年夏天去同里，遭遇了一场罕见的倾盆大雨，顿时昏天黑地，等疯狂的雨势过了，撑着伞，在雨中漫步。雨仍然很大，与刚刚的狂风暴雨对照，已算不上什么。雨中的同里突然展现出不曾见过的宁静，不是例假日，也不是双休日，依然还有些游客，依然还能看到三三两两的老外，都在廊檐下闲坐避雨。

我的鞋湿了，裤腿也湿了，既来之，则安之，悠然在雨里走着。此次同里之行纯属意外，就像这场豪雨，来得很突然，稀里糊涂人已到了这里，已进了退思园。良辰美景奈何天，同里并不是第一次来，退思园也不是第一次进，然而感觉却完全不一样。

从退思园美滋滋地出来，雨中登船，小河中只有我们这条船在行进。河岸上，一个老外正在屋檐下玩电脑，全神贯注眉头紧皱。我们正悄悄地从他身边经过，网络早已把世界联系在了一起，老外在干什么呢，玩游戏，和家人联络，还是在写作，种种好奇的疑问都在我大脑里一闪而过。

2009年8月16日

苏州的文化气息

　　北方友人让谈谈苏州的文化气息，我觉得很不靠谱。首先，文化这玩意说有就有，说没有就没有，难免信口开河。其次，苏州实在太有文化，一部二十四史，从何说起。

　　友人不肯放过，非要让说，逼急了，只好豁出去，问想听什么文化，文还是武，柔还是刚。友人笑了，说自然是文是柔，吴侬软语，苏州难道还能有武和刚。于是开导他，说太远的吴王夫差不说了，不太远的《古文观止》总该读过，回去好好学习最后一篇。

《古文观止》压卷之作是张溥的《五人墓碑记》，是最见苏州人血性的一篇好文章。友人搞教育出身，说这我知道，中学课本上有。不过心里还不服，酸溜溜地说，当年有不少著名右派，苏州也有，譬如陆文夫，人家都是给共产党提意见获罪，小说《小巷深处》却写了妓女。

我问友人，玩小说的右派也不少，陆文夫的小说究竟好不好。友人说，当然是好。既然好，就用不着再讨论，我让友人再仔细想想，北京大学最著名的右派林昭女士，按照她的习惯思路，根据她的是非标准，还够不够铁骨铮铮。友人沉默良久，叹气说苏州有个林昭，足够了。

顾颉刚先生年轻时，对苏州的新文学不满意，曾经很生气。后人借助这个观点，批评苏州的小说。这其实也是捕风捉影，误会了先贤，

217

他老人家说的只是某一时间段，而且单指小说。顾先生是苏州人，自己人说自己，自然高标准严要求，恨铁不成钢。大家都知道，真要说到小说，苏州向来不差，譬如当代一种流行说法，全国有一半小说是江苏人写的，江苏有一半小说是苏州人写的。文化大概念中，文学只占一小部分，小说又是更小一部分。很显然，苏州人不只是善于写小说，还精通文化各个领域，擅长文学各个门类。琴棋书画无所不能，小说散文诗歌报告文学，什么样文章都能写，都能写好。很多年前，丰子恺先生有一张漫画《苏州人》，严严实实的帽子，大围巾，架着眼镜，叼着烟卷，手提鸟笼，活脱一个白相人。这幅画曾带来不小的负面印象，大家觉得苏州人就这德行，不知道人家即使当白相人，也比别的地方出色。

苏州的文化气息，与经济密切相关，互为因果。唐宋以后，此地文化一直处在繁荣之中，想不出文人都不行。地灵人杰，穷山恶水出刁民，都是标准套话，有时候也不能说没道理。说白了，经济就是一种文化，就是一种文明。有了经济基础，行行能出状元，哪个角落都是文化。

2010年12月19日

喜欢杭州的理由

　　喜欢杭州的理由太多了，太多，就说不清楚。南宋的开国皇帝应该最明白这其中的道理，当年岳飞坚决反对他在杭州建都，最堂皇的借口是王室不可偏安，要建首都，就应该建在南京。自古金陵有王气，而且虎踞龙盘，有长江天险可挡，有高山险要可占，所谓可进可退，攻守俱佳。武人持这样的观点倒也罢了，偏偏文人也是这样的议论，身为北方词人的辛弃疾，身为南方的浙江诗人陆游，都坚决反对建都杭州。甚至杭州后来已经被定为南宋的国都了，陆游仍然魂牵梦绕，写下了"梦里都忘困晚途，纵横草书论迁都"的诗句。

平心而论，就事论事，以建都而论，怎么说都是建在南京为好，宋高宗也不是个能说会道的主，在爱国将领的逼迫下，在文化人的嚷嚷声中，颇有些结结巴巴。好在那时候的杭州，还没有"暖风熏得游人醉"的恶名，游人也暂时不会把"杭州当汴州"，高宗情急之中，找到一个几乎是站不住脚的理由，可就是这个站不住脚的理由，倒让他给站住了。

宋高宗有他的一句至理名言，这就是要搞好一个国家，关键在于"修德行而不在择险要之地"。高宗的意思，无非是强调思想工作的重要性。作为一个领袖，他不敢用杭州的风景殊好来为自己辩护，于是就大唱高调。皇帝唱高调，老百姓是一点儿办法都没有。皇帝的话是金口玉言，他真这么说了，也就这么定了。事实证明宋高宗还是个有眼光的君主，投降主义路线也好，偏安偷生也罢，以一个南方朝廷维持的寿命之长，杭州的建都时间，超过了有着"帝王之气"的南京任何一个朝代。并不能假设宋高宗是因为留恋西湖的美色，才有了在此建都的念头。这种假设过于浪漫，说着玩玩，也没有什么不可以。谁都知道，把这皇城建在了杭州，把国家的基础扎在西湖边上，气息方面确实弱了一些。生活在这一片锦绣河山里，无论你怎么修德行，说得再好听，骨子里还是软弱，南宋无论怎么夸奖它，也和强大二字挨不上边。

只能这么说，皇帝也是人，是人就会有爱美之心，是人就会喜欢湖光山色的美丽。慈禧太后她老人家当年为什么要建颐和园，还不是做梦都想把杭州的西湖美景搬到北京去，要不后人介绍颐和园，也犯不着说这个像苏堤，那个是抄袭了白堤。我有画画的朋友，在他的心目中，南宋的画，代表着中国绘画的最高境界。他总和我开玩笑说，国是国，家是家，一个国家强大不强大，都是相对的。一个时期的画好不好，才是绝对的，好就是好，不好就是不好。这就和杭州这个城市一样，美丽二字，不用怀疑。

大约八十年前，上海的外国人哈同带着中国老婆到杭州游玩，在西湖边一坐，便动了买地造房子的念头。其实在这西湖的边上，也不是没什么私人宅子，只不过都是中国人的，卖给外国人，这好像还是头一次，因此特别招骂。哈同夫妇两人喜欢杭州的理由，说起来耐人寻味，就是此地有活山活水。

看到了这活山活水，皇帝会动凡心，洋人不怕挨骂。要说我自己喜欢杭州的理由，也可以随便挑出一二，譬如骑自行车就是在这学会的。读中学期间，有一年到杭州去玩，住在浙江大学，是"文化大革命"的后期，一个亲戚住在图书馆大楼里，我闲着没事，就在大楼过道里学骑车。那是我对杭州最初的印象，什么西湖，什么灵隐，都没往心里去。只惦记学自行车，那房子巨大，过道很长，直直地一路骑过去，要跌倒下来，正好可以扶住两边的墙壁。一个下午学会了骑车，然后在校园里兜圈子，浙江大学是中国最漂亮的大学，我那时候还是个孩子，对校园环境优美无动于衷，感觉非常好，只是因为刚学会骑车。记得一开始不怎么会用刹车，大着胆子横冲直撞，沿着坡道一路滑下去，速度飞快，自己心里十分紧张，吓得路过的女大学生哇哇直叫。

说出来很煞风景，第一次到杭州，年岁小，玩心重，除了学会骑车，能记住的，便是奎元馆的面条。当时好像改名叫"工农兵面馆"，因为嘴馋，吃了再也忘不了。几年以后，已经上大学，好端端的，正上着课，突然想起了奎元馆，便在江南三月拉了一位同窗好友，兴冲冲逃学到杭州。从南京到杭州有三百多公里，骑自行车得花两天时间。一路上多少有些疲乏，便用"奎元馆"三个字为自己打气，用"脆鳝面"为同学鼓劲。终于进了城，逮住别人先问西湖在哪个方向，然后对着西湖直冲过去，好像一定要到了西湖边上，才算真正到达杭州。二十多年前，沿着西湖骑车，真是神仙的日子。我现在甚至记不清那次去没去奎元馆，真看到了西湖，吃不吃已经不再重要。

写到这里，我突然想到了哈同夫妇所说的"活山活水"的确切含义。别处也有山，别处也有水，和西湖的山水一比较，那个"活"劲立刻弱了许多。人到西湖边，疲乏顿时无影无踪。以杭州的山水为参照，为样板，偌大的一个中国，还真找不出另一个可以媲美的城市。虽然这是我第二次到杭州，后来还有第三次、第四次，次数多得自己都绕不明白，但是这一次的美好感觉最具有冲击力，影响最深刻。我忘不了当时看到西湖的那种亲切，说白了，只为了在这西湖边停上那么一小会儿，辛辛苦苦地骑车三百多公里，值得。

2003年9月26日

金华的双龙洞

二十一年前祖父过世，父亲为了写纪念文章，让我抄写老人家日记。就在祖父的书桌上，我毕恭毕敬地誊写，当时是一九八八年，具体摘抄的日期是一九五七年上半年。正是祖母去世前后。

祖父祖母的感情非常深厚，我们做小辈的常被教育，应该向他们学习，要以他们为榜样。

祖母过世，祖父的悲伤难以用笔墨形容，只说书写卧碑这件小事，祖父按石头大小拼了纸张，写了"我妻胡墨林墓"六个大篆字，每行两字，分三行，然后写了一首五绝，是用我祖母的口吻，"人情实太好，与我大有缘。一切皆可舍，人情良难捐"。诗左又有三行正楷小字，"墨以一九五七年三月二日谢世，先十日为余说此意。呜呼！心系人间，骨归泉壤，用铭其墓，来者鉴之"。这么多的字如何布局，大小如何合适，祖父前后琢磨了一个星期。祖父生前，我常看到他为人写字，大都一挥而就。

这以后到了三月底，祖父便离开北京黯然南下，他不是个爱游山玩水的人，此次出门东游西逛，差不多有五十天。去了武汉，去了广州，又去了浙江和江苏。浙江除了杭州，还去了金华、温州、黄岩。因为有金华一游，便写了《记金华的两个岩洞》，这篇文章的一小部分，被改名为《记金华的双龙洞》，收入小学课本，结果很多孩子都读到了。

收入小学课本的具体时间弄不清楚，问身边的人，有人说读过，有人说没有，但是确实有很多人知道。我的小学是在"文革"中度过，印象中绝对没有这篇课文。无论过去还是现在，选入课本和教材意味着可以获得更多读者，会产生让人意想不到的印象，因此金华的有关方面，竟然请书法家用很大的字抄写，用巨石刻了碑竖在双龙洞门口。

今年盛夏，我与陈村兄相约一起游金华，就在这块碑前，他要为我照相留念，一边拍摄一边调笑。我心里无限感慨，首先，祖父一生都是低调，他要是知道这事，肯定不会赞成。其次，我太知道祖父当时心情，祖母的早逝正像刀子一样剜着他的心，孤灯不明思欲绝，卷帷望月空长叹，祖父人寄情山水，无非"入室故迟迟"，心里时刻都在惦记祖母。

祖父这篇游记写于一九五七年十月，这时候，正是父亲被打成"右派"之际，这等于在不痛快的祖父心头又添一层新堵。文章发表在《旅行家》杂志上，细心的读者一定会发现，轰轰烈烈"反右"运动中，这篇游记风格其实很沉郁，有些压抑，有太多平淡，还有一些浅浅的痛楚。选入课文的《记金华的双龙洞》被删节加工，变得更简洁，更适合小学生阅读，不过不是原汁原味，原文中"我不感兴趣，虽然听了，一个也没有记住"，这些话已不复存在。

2009年8月15日

西津古渡

　　到了镇江，如果觉得肚子饿，先去吃一碗锅盖面。民以食为天，人是铁饭是钢，吃饱了才有劲，才能干好正事。你可以找个熟悉的当地人询问，哪家面馆人气最旺，哪家锅盖面最地道，最具有代表性。也可以不求人，借助手机上网搜索，求助百度浏览点评，这样的面馆应该有很多，很可能就在你身边。据行家介绍，现如今镇江的锅盖面馆不少于两千家，其中大约只有五十家，味道才能称为正宗。不少吃户到镇江玩就为了吃碗锅盖面，它们是真正的大众美食，价廉而物美，江苏境内要评最好面条，锅盖面一定榜上有名。

有一碗锅盖面垫底，可以直奔西津古渡了。到镇江，不吃锅盖面，不看一眼西津古渡，基本上算是白来。再做个减法，锅盖面也可以不吃，西津古渡不能不看。为什么呢，因为这里有着真正的中国文化，而且还是文化中的精华，温故可以知新，访古能够得道，西津古渡是个很好的历史标本，是一块年代久远的活化石，你来了竟然不看一眼，太可惜。

当然，如果时间来得及，你也可以顺带去别处看看。镇江的好风景差不多集中在一起，沿长江一字排开，最适合时髦又实用的一日游。现代化的交通便利，能让你不经意间，最大附加值地看到很多风景。你不妨先去焦山景区，匆匆看一眼《瘗鹤铭》，中国书法史上有着特殊意义的一块碑，笔法之妙为"书家冠冕"，对后来的书法影响巨大。焦山碑林在全国排名第二，能紧随著名的西安碑林排在老二，可见收藏丰富，同时又必须精益求精。看过大名鼎鼎的《瘗鹤铭》，你便可以飘然而去，接着上北固山。北固山上有北固楼，何处望神州，满眼风光北固楼，千古江山英雄难觅，当年毛主席他老人家坐飞机经过镇江，看着下面的美丽景色，感慨万千，默写了两首宋人辛弃疾与镇江有关的诗词。北固山上还有甘露寺，刘备曾在这里招过亲。如果你更喜欢民间神话传说，干脆再接着去金山，在金山寺烧一炷香，想象一下许仙，想象一下白娘子，想象一下法海。法海是金山寺的开山祖师，他居住的地方叫"法海洞"。

然后你就应该去西津古渡了，说起镇江，最应该向大家隆重推荐的一定是这个地方。还是那句话，你可以不吃锅盖面，不喝恒顺的老陈醋，甚至不去最著名的那三个"山"，但是一定要去西津古渡，这里才是重点，才是最大的代表，你一定要去。也不用往太远处引用，就说说唐诗宋词，有意无意间，你肯定会遭遇到这个西津古渡。一个古字不是随便说说就是，没有响当当的来头不配称之为古。说中国历史，谈华夏文化，没有名人便没办法说事，李白、杜甫、白居易、王安石、辛弃疾，反正古诗词里能留名的那些显赫人物，南来而北往，都会在这留下他们的足迹。人过留名雁过留声，遥想当年，一个历史上查不出生卒年份的唐诗人张祜在这候船，闲极无聊，靠吟诗打发时光，在墙壁上涂鸦抒发情怀，结果一不小心，便留下了一首千古绝唱：

金陵津渡小山楼，一宿行人自可愁。
潮落夜江斜月里，两三星火是瓜州。

西津渡又名金陵津渡，为什么会有这样一个名字，后人真还搞不太明白。百度有解释，说"唐朝镇江名金陵，故称为金陵渡"。显然有点不靠谱，唐人写镇江的诗很多，把镇江称为金陵的例子并不多见，同时期写南京的唐诗很多，说起金陵都是特指南京，譬如李白《金陵酒肆留别》"金陵子弟来相送"，毫无疑问与镇江无关。金陵是南京，金陵渡在镇江，完全两回事，千万不要搞错。起个名字固然有原因，也用不着太较真，名字就是名字，后人不知道就不知道，弄不清楚也没多大关系，牵强附会反而错上加错。上海、天津、武汉的最繁华地段，都有南京路，"南京"二字没什么特别意义，也就是一个民国特色的取名而已。

为了更好地了解西津古渡，你最好能够看一眼中国地图，看一看滚滚长江如何向东流。人们印象中，万里长江像一条龙，从西边蜿蜒过来，一路向东，很少有人会去想，它最北面的位置在什么地方。当然是在长江下游，就在江苏境内，就在镇江。镇江是长江的最北端，从江西的九江开始，长江以一个很大角度向北偏移，这意味着镇江像个牛头那样，有力地顶向了北方。西津古渡恰恰在这个关键位置，就在牛角尖上，它是整个江南的最北，在纬度上，甚至要比安徽的省城合肥更偏北。合肥早已远离长江。说它属于北方城市也算不上什么大错，近现代历史上的当地名人李鸿章李合肥，段祺瑞段合肥，习惯上都觉得他们已是北方人。

若没有中国文化知识，不知道历史和地理，没时间概念，没空间意识，西津古渡的意义会大打折扣。除了一条仿旧的石板古街，一家家砖木结构的店铺，一栋栋飞檐雕花的客栈，一个元朝的古塔，一些洋人留下的老房子，那是英国人的领事馆，还有一大群见了生人都不知道害怕的野猫，你可能什么也没看到。你会想不明白地追问，长江在哪，古渡口又在哪，为什么这些似曾相识的旧门面、旧街道，就应该具有特殊意义。名人走过的地方太多，到处都可能有他们留下的印迹，不就是一个准备过江的古渡口吗，不就是留下几首大家会唱的古诗词吗，万里长江能过江的地方太多了，凭什么就应该这个渡口最有名气？

好吧，那只能再往前说，晋楚更霸赵魏困横，事实上西津古渡的重要性，直到东晋南迁，才真正开始体现出来。永嘉之乱让司马氏的王朝摇摇欲坠，中原开始水深火热。大批北方难民纷纷逃往江南，其中有个叫祖逖的好汉，率亲族宗党几百家一同南迁。那时候，坐镇南京的琅琊王镇东大将军司马睿俨然成为朝廷代理人，他任命祖逖为徐州刺史，这显然是个虚空头衔，不过是做人情封官许愿。因为此时北方的徐州早已落入敌手，是沦陷区，祖逖人在江南，只能望江兴叹。

二次世界大战爆发，法国的戴高乐将军逃到英国，组成了流亡政府，那时候好歹还有人有钱有枪，还有同盟国做后盾，祖逖的境遇相差太多，没人没钱没装备，基本上就是一个光杆司令。司马睿发给他一千人的食粮和三千匹布，让他自己渡江去招募军队，能做到哪一步算哪一步。几乎是以卵击石，结果祖逖不畏艰难，不怕流血牺牲，从西津渡出发了，渡江北上，船行至长江中间，面对浩瀚江水，他敲着船桨说：

祖逖不能清中原而复济者，有如大江！

他的意思是说，如果不能收复中原，我就不再回来了。这便是著名的典故"中流击楫"，多少年来，人们很少去追究此次北伐是否成功，甚至对祖逖具体在什么日子渡江，也没有确切记载。

对于中国人来说，表现的只是一种精气神，东晋南迁开始了长达260多年南北大分裂，"风萧萧兮易水寒，壮士一去兮不复还"，"中流击楫"传承了荆轲的精神。发生在镇江江面上的这个故事，不仅有勇士赴汤蹈火的壮怀激烈，在中国大历史上，还体现了汉族文化以中原为核心的王道思想。诸葛亮《后出师表》的所谓"汉贼不两立，王师不偏安"，并不是尖锐的民族矛盾，不过是把与"汉朝"相对峙的政权称之为贼，更多的是一种权力冲突。东晋南迁之后，尤其是南宋仓皇北顾，权力斗争已演变为一种激烈的民族对抗，习惯于强势的中原汉族政权转为劣势，处于明显下风，镇江的军事桥头堡作用立刻彰显出来。退必须守进可以攻，镇江在，江南还在，镇江已失，江南不保。

战乱年代如此，和平岁月也一样重要，这里是江河要津，对面就是北方大运河的入口，我们都知道，大运河是古代中国的经济命脉，北去南来，你都得从这个运输的大枢纽走过。西津古渡自始至终离开不了一个实用，如今的实用当然变得不实用了，交通上的重要地位不复存在，功能完全改变。事实上，西津古渡已沦为摆设，只是一个人文景观，正在派着别的用场。

西津古渡成为一块文化上的金字招牌，成为穿越时空的一个门洞或者一扇窗户。我们都知道，所有的访古注定都会有现实意义，长话短说，还是那句广告词，到镇江旅游，西津古渡一定要去。在这你会遭遇摆脱不了的历史，这个历史中不仅有遥远的过去，很可能还会有未来隐约的身影。

2014年10月31日　河西

回味中的长江三鲜

恣看收网出银刀

　　小时候，刀鱼的称呼一直让我很困惑，如果是说形状，长得像一把匕首的鱼多得很，为什么偏偏长江中这种细细长长的玩意叫刀鱼。当然，更让人不喜欢的是刀鱼刺多。我父亲是苏州人，苏州人很会吃，尤其擅长吃鱼，大家印象中，他书呆子气很重，除了读书写作，干什么事都显得笨拙，偏偏吃起东西来，舌尖上功夫十分了得。

父亲吃瓜子，放一大把瓜子在嘴里，然后极为潇洒地一口吐出来，全是分成两瓣的瓜子壳，每一对壳都是完好的。

刀鱼刺最多，又细又软，根本不是少年儿童可以对付。父亲喜欢刀鱼，一是因为味道鲜美，还有一个重要原因，就是可以孩子气地表演他的舌头功夫，搛起一大块放嘴里，让人吃惊地吐出一嘴很干净的鱼刺，不带一点点鱼肉。父亲过世以后，家里只要有机会吃刀鱼，就会想到他当年表演吐鱼刺的模样，母亲会忍不住地说，你爸爸要在，肯定又要露一手了，同时必定还会加上一句，当年刀鱼真是便宜。

那年头，南京市场上的刀鱼确实很便宜，最好的也就四毛钱。是最大最新鲜的那种，买回来，中间一段清蒸，头尾放油锅里炸，炸成金黄色，再抹点盐，味道非常香。我对吃刀鱼一向没什么兴趣，基本上不会去碰中段，犯不着去和那讨厌的鱼刺作斗争，要吃也就吃点头和尾，将油炸过的头尾一阵乱咀嚼，吞下肚去。

四毛钱一斤的刀鱼，说便宜当然只是相对。当时这些钱，大致相当于今天四十元，说贵不贵，说不贵也不便宜。长江三鲜出自长江下游，都是季节性的洄游鱼，到日子来，到日子就走了。平心而论，刀鱼的性价比并不高，在长江下游，无论江南还是江北，鱼虾之类本不是稀罕之物，可供选择的鱼类很多，吃刀鱼也可以，不吃刀鱼也可以。对于广大的老百姓来说，吃不吃什么长江三鲜，就这么回事。

　　一直觉得长江三鲜的神奇，是文化人吃出来的，很多事，一经过知识分子评点，经过他们加工，经过他们渲染和夸大，立刻热闹起来，立刻身价百倍。老百姓当然也吃刀鱼，也吃鲥鱼，也吃河豚，也知道到日子可以尝个鲜，不过吃了就吃了，不会像文人那样写文章到处张扬。长江里可吃的好东西多得很，在日常生活中，所谓"三鲜"可有可无，在衣食无忧的前提下，大家才会想到去品尝享受。

　　我的童年和少年时期，中国人的日常生活应

该说都比较艰苦。事实上，翻开中国大历史，好日子坏日子仔细计算，所占比例差不多。人生不如意事常八九，可与语人无二三，你幸运了，好日子会多一些，你触霉头了，坏日子会多一些。真正的盛世并不多，俗话说上有天堂下有苏杭，这句话的本意，是带着血和泪的，不仅仅描绘了江南的富裕，史重要的一层意思，是说这一带相对太平，战乱要少一些。在老百姓看来，不打仗，能吃饱，能穿暖和，能过上一个安稳日子，基本上已离天堂很近了。

历史学家告诉我们，大历史上的中国，差不多五百年一大乱，几十年里必有一小乱。大乱是亡国，马边悬男头，马后载妇女，国破家亡妻离子散，你如果碰巧生长在这样的年代，那真是大不幸。小乱是什么呢，是那些局部的不安定，比如各式各样内乱、军阀混战、"反右"、三年自然灾害、"文革"和一次次政治运动。过去不久的二十世纪，除去了改革开放这些年，有一大半时间，实际上都处于民不聊生的动乱中，大乱有过，小乱也着实不少。就老百姓的日常生活而言，好像对乱世习以为常，习惯成了自然。乱世的好处是可以让人隐忍，大家会觉得活着就好，会觉得能活下来便是幸运。好死不如赖活不是一种积极的人生态度，事到临头，又能怎么办呢，隐忍就是最大的抗争。

一直觉得最倒霉的，永远是处于底层的穷苦百姓。以我父亲为例，虽然被打成"右派"，事实上他的实际生活水平并不是很低。很多有名的"右派"，只要没被开除公职，没被判刑，只要他们认错服罪，仍然可以还有一份不错的收入。除了"文化大革命"初期那段最糟糕岁月，熬过最困难的那几天，大多数时候，说是经济上养尊处优并不为过。自古以来，再乱再苦，中国知识分子的生活，总是要比老百姓好，好得多。

农谚有"春潮迷雾出刀鱼"，春天来了，长江三鲜中最早上市是刀鱼。或许我孤陋寡闻，描写刀鱼的古诗好像并不多，北宋的苏东坡"清明时节江鱼鲜，恣看收网出银刀"，算是最著名的一句。南宋的刘宰《刀鱼诗》算是一首，"肩耸乍惊雷，鳃红新出水。佐以姜桂椒，未熟香浮鼻。"刀鱼又叫"鲚鱼"，陆游"鲚鱼莼菜随宜具，也是花前一醉来"，这个"鲚鱼"就是刀鱼。扬州人还有一句大俗话，"宁去累死宅，不弃鲚鱼额"，"鱼额"是鱼头。食不厌精脍不厌细，真正的吃货常会有一些很奇怪的总结，所谓"刀鱼的鼻子，河豚的嘴"，意思是说，刀鱼的鼻子最好吃，河豚的嘴唇最鲜美。

民以食为天，事实上，诗人们写到了长江三鲜，并不是因为他们的嘴特别馋，并不是因为他们都是饕餮之徒，也不是说滚滚长江中，就只有这三种鱼的味道才最鲜美。古代文人开出的美食排行榜，通常也只是为了押韵上口，胡乱说着玩玩，千万不要太当真。二月春风似剪刀，几乎没有什么例外，一般写到长江三鲜，都会包含人生的一种感悟。感时花溅泪，恨别鸟惊心，冬去春来，面对永恒的大自然，诗人品尝享用了长江三鲜，犹如面对新上市的碧螺春茶，看绿肥红瘦，迎来了新便送去了旧。人生天地之间，若白驹之过隙，忽然而已。东风一樽酒，新岁独思家，吃是为了活着，活着可不仅仅为了吃。长江三鲜就像春天里的鲜花，它盛开了，告诉我们新的一年已经来临。年年岁岁花相似，岁岁年年人不同，冬去了春来了，我们已经又老了一岁。

记得"文化大革命"刚结束的时候，刀鱼还算不上什么稀罕之物。我母亲在靖江有个学生，这个学生设宴款待我父母，居然办了一个刀鱼全席，一桌菜都是用刀鱼做，其中最夸张的是一盘无刺刀鱼，厨师事先已小心翼翼地将鱼刺剔除了，而刀鱼形状竟然还是完整的。这属于高手绝活，很容易让人惊叹，不过这种技艺并不入擅长吃鱼的父亲法眼，他觉得完全是邪门歪道，你吃的那刀鱼连刺都没有，还有什么意思。

离离原上草，一岁一枯荣。过去这些年，刀鱼的价格一直在飞涨，涨到最后，只剩下一个字"贵"。再后来，贵也没有了，据说在长江里很难再打到刀鱼。偶尔在餐桌上还能遇到，真正懂行的会告诉你，那个并不是真正的长江刀鱼，长江刀鱼基本上已消失，已绝迹，苏东坡笔下的"恣看收网出银刀"已经成为一个传说。

网得西施国色真

描写鲥鱼的古诗词要更多一些，譬如王安石和苏东坡就专门写过。历史地看，刀鱼是藏在民间的小家碧玉，鲥鱼则天生一股富贵气，可以作为贡品，孝敬皇上他老人家。明朝诗人何大复写到了"五月鲥鱼已至燕"，代价是什么呢，"白日风尘驰驿路，炎天冰雪护江船"，必须是快马加鞭往京城送，然后才可能"银鳞细骨堪怜汝，玉箸金盘敢望传"。另一位明朝诗人于慎行也有这样的描写，"六月鲥鱼带雪寒，三千江路到长安。尧厨未进银刀脍，汉阙先分玉露盘"，意思都差不多，远在北京的皇帝想吃点鲥鱼不容易。

康熙爷六下江南，乾隆爷六下江南，你不能说他们是为了赶过来品尝长江三鲜，但是真要在小说里这么写上一笔，电视剧中如此演上一段，也不能算什么大错。宋梅尧臣有《时鱼诗》，"四月时鱼跃浪花，渔舟出没浪为家"，时鱼就是鲥鱼，捕鲥鱼的热闹跃然纸上。明末清初吴嘉纪的"船头密网犹未下，官长已輶驿马送"，活脱一幅官场逢迎拍马的《清明上河图》。

时令到了，大快朵颐的日子也就到了。如今想食长江鲥鱼是一件非常奢侈的事情，今人不是古人，没有口福解馋，不妨先念几句古代名家的诗过过瘾。"鲥鱼出网蔽江渚，荻笋肥甘胜竹乳。百钱可得酒斗许，虽非社日长闻鼓"，这是王安石的。"芽姜紫醋炙银鱼，雪碗擎来二尺余。尚有桃花春气在，此中风味胜莼鲈"，这是苏东坡的。当然，还是清朝的郑板桥写得最直截了当，"扬州鲜笋趁鲥鱼，烂煮春风三月初"。

和刀鱼一样，长江中的鲥鱼也基本绝迹了。看晚清和民国的旧小说，无聊文人在南京雅聚，只要是赶上了季节，你去看过中山陵，游过玄武湖，然后再去夫子庙，随便找家像点样的小馆子，都可以热气腾腾地现蒸一盘鲥鱼端上来。时令菜的特点是过时不候，你必须得赶巧，必须要事先做好功课，一定要有时间观念，早不行，晚也不行。

小时候，父亲给我讲鲥鱼的学问，说这家伙就是海里的鳌鱼，是天生的旅行家，喜欢东游西逛，说它在海水里为鳌鱼，到了长江中辄为鲥鱼。换句话说，鲥鱼就是鳌鱼，鳌鱼就是鲥鱼。俗谚有"来鲥去鳌"，很多年来，我一直对这样的观点深信不疑，也曾在餐桌上跟别人卖弄过。后来才弄明白，所谓鳌鱼，尤其是我们经常要吃的苏州特产"虾籽鳌鱼"，看形状差不多，其实不是一回事，根本沾不上边。鳌并不是指一种具体的鱼，所有剖开晾干的鱼都可以叫鳌鱼。

江南人所说的鳌鱼很可能是"鳓"，查百度，这个鳓鱼又叫曹白，长相和长江鲥鱼差不多，味道也像，也是烹调时不去鳞，因为它们的脂肪都在鱼鳞下面，鳞千万不可破，破则脂流味减，生生地糟蹋了好东西。鳓鱼长年生活在大海中，在江浙一带常常被加工成鱼干，父亲生前最喜欢用它来下酒，还是隔水蒸，加点葱姜，拍两个鸡蛋在里面，这样可以吸去一些咸味，口感会更好。

错误的印象有时候会祸害我们一辈子，虽然鲥鱼和鲞鱼无关，也不是"鳓"，但是父亲说的故事，起码还有一部分是对的，这就是鲥鱼是天生的旅行家。为什么它叫鲥鱼呢，拆开"鲥"这个字就足以明白，到时间会来的鱼叫鲥鱼。从这个意义上来说，长江三鲜都是"时"鱼。要讨论它们，既离不开时间，也离不开空间。鲥鱼进入长江的日子与刀鱼差不多，它的体力好，游得也远。据说它真正的产卵地，应该是江西鄱阳湖，因此理论上，鲥鱼的捕捞区域，可以包括整个长江中下游。厉害的鲥鱼可以逆水再往上游，游到洞庭湖，最极端的例子甚至能够游到宜昌附近。

按照书上的说法，长江鲥鱼中味道最鲜美的，应该从南京到马鞍山这一段，特别是在当涂到采石这一区域，理由是再往上游，体力消耗太大，营养成分已经不够了。这让人想起了女运动员的故事，据说刚怀孕的女人体力最好，因此运动学上有一种故意，就是计算好了准确日子，让女运动员在重大比赛多少天之前受孕。鲥鱼为什么不是在长江的入海口味道最好，原因就是它还没完全做好产子的准备。真正经过了长途跋涉，游到产子区域，力气已经用完，鲥鱼在长江下游是宝，到了长江中游便是草，人老珠黄不值钱。

书上的说法不可不信，当然也不能全信。反正我小时候，鲥鱼已经不太容易游到南京，能享用的鲥鱼都是从镇江运过来。那年头也没什么快件公司，菜场上基本上也不会卖，它太昂贵了，属于奢侈品，而且不易保存，说坏便坏了。我印象中，鲥鱼都是人家送的，要么从江阴送过来，江阴是我母亲的老家。要么从靖江送过来，我母亲有学生在那边，反正能够吃到的原因总是很偶然，突然有人过来了，拎着一条鲥鱼，进门便扯着嗓子嚷开了：

"趁新鲜，赶快做出来，赶快。"

记得有一位镇江的年轻人，连续几年都会送鲥鱼过来。他是个喜欢读书的知青，不停地到我们家来借书还书，不知道用了什么办法，到日子准能弄到鲥鱼，弄到了立刻往南京赶，直奔我们家，如果我父母不在，他会指挥保姆赶快加工，一点都不见外。说起来也是无亲无故，不过是一位喜欢看书的年轻人，可他跟我们家的关系，就像真的亲戚一样，或者套用当时样板戏《红灯记》中李铁梅的唱词，"虽说是亲眷又不相认，可他比亲眷还要亲"。

年轻人喜欢读书，因为喜欢读书，经常到我们家来借书看。因为经常借书，可能觉得总是跟人家借书看，无以回报，因此到了有鲥鱼季节，舍不得独自享用，一弄到鲥鱼立刻往我们家奔。很显然，他插队落户的地方，是可以捉到鲥鱼的。我母亲常说这孩子真是个厚道人，每次都说要给钱，一定要给钱，可他坚决不肯收，说自己也不是花钱买的，既然他没花钱，怎么可以收我们家的钱呢。

说老实话，年轻人的鲥鱼究竟什么来头，他怎么就弄到手了，一直也没真正搞清楚过。由于交通不便，等他匆匆赶到我们家，多少都会有些不太新鲜。如果天气太热，味道就不对了。有一次，好不容易蒸好端上桌，干脆是不能吃，已经有点臭烘烘，只好闻了又闻，然后倒掉。我父母觉得非常可惜，这么好的鲥鱼，简直就是暴殄天物。

　　说起来，已是四十年前的旧事，也不知道为什么，一想到吃昂贵的鲥鱼，我毫无流口水的感觉，反倒是要想到那个喜欢读书的年轻人。现如今再也不会有这样的年轻人，没有书读，又特别想读书，为了读书，到处找书看。这样的年轻人和真正的长江三鲜一样，几乎已经绝迹，已经不存在。没书读的时候拼命想读，真有书读了又反而不读，既是一段历史，也是一种现实。有人说"文革"时年轻人都不读书，事实当然不是这样，我年轻的时候，从来没什么读书节，也没人会号召读书，可是身边总还会有些货真价实的读书人。

据今年六月三十日的《新闻晨报》报道，长江鲥鱼近三十年不见踪影，专家据此得出结论，它已经功能性消失。什么叫功能性消失呢，根据学术界通行说法，目前这种情况只能暂时判断为"功能性"灭绝，如果接下来二十年仍无法找到它们的踪迹，那么就可以判断这种鱼彻底绝迹。

又是河豚欲上时

从小喜欢《十万个为什么》，让写一部最有影响的儿时读物，毫不犹豫会填上这个。我小时候很讨人嫌，经常追着人问十万个为什么，为什么这样那样。大人不是大百科全书，也不是百度，怎么可能明白那么多为什么，不好意思对孩子说不知道，心里先烦了，就转移话题，让你该上哪玩上哪玩去。

不免想到了"竹外桃花三两枝，春江水暖鸭先知"。想到古人也喜欢抬杠，康熙年间的毛希龄就批评说："春江水暖，定该鸭知，鹅不知耶？"当然更忘不了后面两句，尤其杀尾的"正是河豚欲上时"。苏东坡完全可以名正言顺地为长江三鲜代言，他喜欢刀鱼，喜欢鲥鱼，更喜欢吃河豚。为了河豚，他的原话是"直那一死"，翻译成现代汉语，就是"值得一死"。

记得小时候，我在江阴第一次吃，外婆买了一小碗别人烧好的河豚，加上半锅青菜，名义上吃了，究竟什么滋味，基本上没感觉。因此关于河豚的童年记忆，无非会不会做，敢不敢吃，舍得不舍得买。河豚产地的老百姓，主要是后面两个选择，敢吃和舍得买，当时一块钱一碗，大家都穷，一块钱已经很贵。

河豚是长江下游的美食，到日子，就有人拼死吃一回。当然那是并不遥远的过去，现在野生河豚基本绝迹，想拼死赌命也不行。能吹牛的只剩下如何吃，去哪吃，何处河豚最好吃。事实上一说起这个，最得意的就是江苏的扬中人，有种当仁不让的自豪。别处也有河豚，酒肉穿肠过，吃了也就吃了，偏偏扬中人认真，把吃河豚当回事，不仅单纯地吃，还能吃出一个文化，年年都要正经八百地过河豚节。

声势浩大的河豚节期间，每天吃掉七八千条河豚。扬中人相信，他们的烹饪技艺天下第一。于是忍不住又要问十万个为什么，行家为我解释，理由非常简单，河豚进入长江产子，溯流而上，终点就是扬中，优胜劣汰，体力不好游不到这，因此你品尝的，都是河豚中的奥运选手。

这解释无论怎么专业也是故事，而且明显与鲥鱼的故事矛盾。其实大家都心知肚明，与刀鱼、鲥鱼一样，长江里早就没什么河豚。奥运会已取消，哪里还有奥运选手，就算有，也扛不住每天七八千条。现如今都是人工饲养，同样人工饲养河豚，为什么非要赶到这来大快朵颐。一到日子人满为患，能吃的馆子，能住的酒店，都满了。

都知道此河豚早已经不是那彼河豚，说扬中经济发达，完全因为吃河豚肯定不对，起码很重要的原因之一。我还是没搞明白，扬中是江苏最小的一个县级市，人口排在倒数，为什么居民存款，银行里统计出来的人民币，在富庶的江苏却排名第一。为什么呢，不知道。反正有钱永远是硬道理，有了钱，才能玩吃河豚，吃了河豚，又变得更有钱。

二月水暖河豚肥，意思是说又到了可以吃河豚的季节。一说季节，朋友忍不住要笑，现如今还有啥季节，蔬菜反季，水果反季，人也反季，天气乍冷忽热，春天刚开始，夏天的威势就已经来了，迫不及待打开空调。至于吃河豚，到处都有，四季皆可，有闲情便行，有银子就成。想当年"文化大革命"，最流行一句人定胜天，说穿了只是口气大图嘴上痛快，现在不流行这话了，反倒真有些敢跟老天爷叫板的意思。

搁历史上，吃河豚是地道的民间享受，康熙和乾隆一次次下江南，什么样的传奇都有，唯独没听说过吃这玩意。皇帝他老人家自然不敢吃，就算想，有这个心思，大臣们也不敢准备。拼死吃河豚，注定了一种平民老百姓的境界，民不畏死，奈何以死惧之。想当年苏东坡吃河豚，有人问滋味如何，他能够很平静地回答一句："直那一死。"意思是太鲜美了，人生苦短，遇上河豚这么好吃的食物，就算死也值。

苏东坡有个一起遭贬的哥们叫李公泽，同样失意文人，苏轼为美味不惜轻生，这位李先生便有些扭捏，面对美味不说怕死，随手找了个堂皇的理由。他义正词严地予以拒绝，认定河豚是一种邪毒，非忠臣孝子所宜食，把吃不吃河豚上升到哲学的骇人高度。后学根据两位先贤的河豚观做出结论，所谓"由东坡之言，则可谓知味，由公择之言，则可谓知义"。

生活在长江下游的老百姓对季节最为敏感，这一带四季分明，不同日子，有不同的美食。父亲生前，一心想学知味的苏东坡，十分向往河豚，无奈那年头还不能人工养殖，作为一个反过党的"右派"，一名被贬的职业编剧，一名经常要下乡体验生活的写作者，久有食河豚之心，却很难如愿以偿。二月水暖河豚欲上，他发现自己总是赶不上吃河豚的日子，总是很不凑巧地错过了大好季节，心有余而力不逮，与一帮民间的饕餮切磋美食，为了没有品尝过河豚，难免抬不起头的感觉。

一直觉得河豚能被我们津津乐道，源于它的有毒。这也是父亲的深切体会，直到改革开放，他老人家才有幸大快朵颐，第一次吃河豚，为此还专门写过文章，被好几本谈美食的集子收录。过去年代的河豚是禁食之物，不允许市场流通，因为不允许，因为一个禁字，仿佛禁书一样，勾得文人心里痒痒的。无毒不丈夫，人生乐趣有时就是一次小小的出格，冒险不危险，给嘴馋一点理直气壮的借口。

今天的河豚基本上已没毒了，正是因为没毒，死不了人，才可能大张旗鼓地吃，才敢搞轰轰烈烈的群众运动。江苏的扬中有河豚节，迄今办了十二届。江苏的海安也有河豚节，已经办了五届。两家都在哄抢"中国河豚之乡"的招牌，好像都抢到了，都觉得自己才是正宗，都觉得自己是名门正派。如今这节那节太多，水太深，有需求，就会有供给，就会有骗子出来蒙事，就会有官员煞有介事站主席台上，笑容满面地发奖授牌。一时间，很多很没有文化的事情，都突然变得有文化了。

还是怀念有毒的河豚，有毒才是原生态，有毒才是真正的文化。记得曾兴冲冲赶去参加过河豚节，顿顿都是河豚。印象最深的吃河豚火锅，行家说的种种剧毒，河豚肝、河豚眼、河豚唇，逐一生涮品尝，在过去早自杀了几回，现在却是什么事都没有。真所谓，世事难料人生无常，谈笑风生之际，感慨之心顿生。《说文》对幸的解释是"吉而免凶"，《尔雅》的解释是"非分而得谓之幸"，如果你读过南朝萧梁时期的皇侃所写的《论语义疏》，一定会见到这样的句子：

凡应死而生曰幸，应生而死曰不幸。

江苏一家河豚生产养殖基地，每年可以有650万尾河豚进入市场，大家不妨掰手指想想这个数目。

2015年9月24日　河西

折得疏梅香满袖

印象中宋人最好梅，喜欢诗词的愿意写，爱画的乐意画。梅在中国文化中有特殊意义，作为文化符号，它代表了人生的某种价值取舍。若使牡丹开得早，有谁风雪看梅花，这只是人们喜欢梅的一个理由。

文人笔下的梅往往不确切，有时候，写作者自己心里清楚，阅读的人免不了马虎。梅和松竹被誉为"岁寒三友"，这梅究竟是腊梅还是春梅，不是领导说了算，还得专家下结论。寒梅最堪恨，常作去年花，真能在雪地里熬的是腊梅，为了争春拿奥运金牌，它总是迫不及待，寒冬腊月下着漫天大雪，急吼吼就怒放起来。待春梅快马加鞭赶到，自以为拔得头筹，结果起大早碰到了隔夜人。

腊梅和春梅都含有一个梅字，植物分类上属于不同科目，是两码子事。都落叶，一是灌木，一是乔木，花色花期各不相同。形状也有区别，腊梅笔直往上长，是丛生，最高不过两三米，有很浓烈的香味。春梅隶属蔷薇科，与桃花、梨花以及日本樱花是近亲，能长成高达10米的大树，香味远不及腊梅，一旦盛开便十分灿烂。

画家画梅大都是春梅，造型好看，更容易入画。文人笔下也多是春梅，有梅无雪不精神，有雪无诗俗了人。明朝李渔写过一本很有趣的《闲情偶寄》，谈到花的排行榜，以开花次序定尊卑，封春梅为花中之王，这观点显然站不住脚，腊梅开得更早，他无法自圆其说，便玩模糊学，说"腊梅者，梅之别种，殆亦共姓而通谱者欤"。

中国的文人不约而同喜欢梅，从表面上看离不了一个早字，所谓敢为天下先。万花敢向雪中出，一树独先天下春，谁不想争第一呢，古今中外同一道理。不过，梅在中华文化中的主旋律，与其说人生得意，倒不如说是一种遗憾。无意苦争春，一任群芳妒，文化人心高气傲，永远老子天下第一，却注定不得意潦倒，因此古人咏梅，往往指桑骂槐借酒浇愁，表达一种不能为人所用的感慨和无奈。

梅花是"中华民国"的"国花"，也是南京和武汉的市花。邓丽君软绵绵地唱着，"梅花梅花满天下，愈冷它愈开花，梅花坚忍象征我们，巍巍的大中华"，词虽然有些励志，骨子里仍然气弱，否则蒋委员长也不会灰溜溜去台湾。

气象专家预测的全球变暖，未必一定必然。梅花欢喜漫天雪也只是说说，不怕寒冷是相对的，事实上，梅只适合在长江流域。隋唐时关中要比今天暖和，当时的京城长安随处可见梅花，到了宋朝气温骤降，全球开始变冷，北方很少再见自然生长的梅花，于是苏东坡就说"关中幸无梅"，王安石干脆嘲笑"北人"分不清梅花和杏花。

2009年1月5日　河西

天谴霓裳试羽衣

玉兰有许多品种，很难让人彻底明白。上海的市花是白玉兰，长什么模样，本地人大约没问题，外地人会摸不着头脑。近年来高大的广玉兰流行，需要决定了市场，公路边是个苗圃就在成片种植。法国梧桐差不多已取代中国的本土梧桐，若干年以后，广玉兰或许也会取代白玉兰。

新住宅区玩绿化，樟树之外最显眼的是广玉兰，四季常青树形优美，花大清香仿佛白玉，很容易让别人产生误会，以为这个就是白玉兰。广玉兰其实是洋玉兰，又叫大花玉兰或荷花玉兰，原产地在北美，与正宗国产的白玉兰相比，在现代都市中更有优势。白玉兰是落叶乔木，漫长的冬天只剩下丁枯树枝，洋为中用，高大常青的广玉兰显然更适合美化广场和街道。

中国种植玉兰的历史久远，使用这两个字的时间并不长。屈原《离骚》"朝饮木兰之坠露兮"，这木兰就是玉兰，同样的道理，也是女英雄花木兰的出处。据说最早有意识移栽的人是僧侣，玉兰的纯净素雅，与佛教的清静寂灭浑然一体。后来从寺院移到了宫廷，小家碧玉顿成名门贵媛，野树闲花变为皇家后院的装饰，与海棠、迎春、牡丹、桂花合在一起，凑成一幅《玉堂春富贵图》。

小太监想哄皇上高兴，宫女讨老佛爷喜欢，虽然只是讨个口彩，荣华富贵谁不热爱，于是民间纷纷效仿，私家园林跟风移栽。木兰一词在唐诗宋词中还十分常见，见说木兰征戍女，不知那作酒边花，渐渐就英雄气短儿女情长，到后来，木兰不知不觉地成了玉兰，只强调其形如玉，香如兰，人们再见时，只注意到"独饶脂粉态"，早忘了替父从军的英姿飒爽。

明朝的文徵明歌咏玉兰，我知姑射真仙子，天谴霓裳试羽衣，还是娇憨的女儿态，然而木既成玉，这女孩子便成了凡间试穿羽衣的姑射仙子。或许在文人心目中，舞枪弄棍治国平天下，毕竟男子汉大丈夫的买卖，指望"一树女郎花"去保家卫国，多少有些说不过去。

玉兰以白玉兰为最常见，也最可爱，堪将乱蕊添云肆，若得千株便雪宫。然而好花不常开，春归如过翼，一去就无踪无影。玉兰花势极旺，千干万蕊尽放一时，来得快去得也快，一树好花禁不住一场春雨，不像有的花卉花期长久，你方唱罢我登场，前仆后继。玉兰盛开时满树晶莹，如冰似雪，往往一败俱败，说谢都谢。因此古人赏玉兰，讲究"玩得一日是一日，赏得一时是一时"，该抓紧时必须抓紧，说出门就得立刻出门，"若初开不玩而俟全开，全开不玩而俟盛开，结果便是好事未行，而杀风景者至矣"。

2009年1月9日　河西

别萼犹含泣露妍

    小时候，后园有一排石榴，花红叶绿十分好看。我老是发呆和傻想，琢磨书上说的石榴裙颜色，是像这绿叶呢，还是更像那红花。小孩子眼光有些特别，邻家有个女孩常穿一条漂亮的绿裙子，爱屋及乌，井里的癞蛤蟆想吃天鹅肉，我因此觉得石榴裙就应该是绿的。

    后来读白居易的《琵琶行》，读到"血色

罗裙翻酒污",才知道石榴裙千真万确应该是红的。风卷葡萄带,日照石榴裙,石榴裙不仅血色,而且还可以象征女性魅力。石榴裙下死,做鬼也风流,我们常说某贪官拜倒在某佳人的石榴裙下。

拜倒在石榴裙下据说与杨贵妃有关,渔阳鼙鼓没有动地来那阵了,有一次君臣联欢,有大臣喝高了,竟然提议贵妃娘娘跳舞助兴。杨贵妃立刻不高兴,在唐玄宗耳边一阵嘀咕,说这些家伙平日一个个假正经,看到老娘爱理不理,我凭什么赏脸。唐玄宗立刻下旨,让大臣以后见了杨贵妃,都得下跪行叩拜大礼。于是众大臣们谢恩,再看到贵妃娘娘的石榴裙,忙不迭地乖乖跪下来。这个典故耐人寻味,说明男人表面上好色,骨子里更害怕权势。

石榴原产西亚,汉朝张骞出使西域时引入中国,转眼间也已有两千多年的历史,因为花朵和果实都很耐人寻味,深受老百姓的喜爱。与梅花、玉兰相比,石榴的花期要漫长许多,通常农历五月开花，所以这段时间又称之为"榴月"。榴花来时略晚一点，所谓开从百花后，占断群芳色，好在花期漫长也有好处，这时候，该看的花都看过，该出的风头都出了，赏花者自会有种十分平和的心态。

自古红颜都薄命，不许美人见白头，石榴作为观赏植物，各种排行榜上都不会出人头地，独占鳌头这样的字眼与它无关，但是在园林里却总会有石榴的一席之地。古典诗词中说到石榴的好词琳琅满目，榴枝婀娜榴实繁，榴膜轻明榴子鲜。我更喜欢"怀芳不作翻风艳，别萼犹含泣露妍"，和"谁知盘中餐，粒粒皆辛苦"一样，李绅的名句通常美得实在，有一种人文关怀。

石榴全身都是宝，果皮树根包括花骨朵都能入药，既治中耳炎，还治妇女的暗疾，石榴汁可以防止高血压和心脏病，美国研究人员的一份报告证明，那深红色的汁甚至能够抵制癌细胞。石榴作为水果没什么可吃，但是成熟季节正好中秋节，常被用作送人礼物，过去是象征多子多福儿孙满堂，现在计划生育，只剩一些喜庆吉祥的意思。

石榴最适宜种墙角，有阳光有土壤，就能悄然生长。石榴不怕挤压，最适宜和假山为伍，在园林中常与玲珑的太湖石做伴。

2009年1月12日　河西

十里荷花

　　一直没弄明白"利用小说反党是一大发明"出自谁口，过去是最高指示，后来有人拿出了铁的证据，说这话源于大坏人康生，他偷偷给他老人家递了张纸条，毛主席一看内容，既正中下怀，又怒不可遏，脱口用湖南话念了出来，于是小说家立刻倒血霉。

　　有人十分生气地退出作家协会，一经媒体传

播张扬便大义凛然，其实没多少风险，柿子拣软的捏，有能耐退个别的什么试试。文人说到底还是文人，太当回事难免自欺，真以为小说家能怎么就是蒙人。

一千年前，诗人柳永歌唱杭州，写得太漂亮了，金主完颜亮看到"有三秋桂子，十里荷花"，羡慕钱塘繁华，遂起投鞭渡江之志，动了侵吞南宋的野心，有人因此把亡国的账算到柳公子身上。文人与女人常会沦为亡国的替罪羊，因为二者都是软柿子，然而话说回来，这十里荷花的描写，确实美得让人惊艳。看荷花就得要多，要一望无际。十里还只是一个虚数，不妨越多越好，镜湖三百里，菡萏发荷花。要很容易地就误入藕花深处，要郑板桥笔下的那种气势，百六十里荷花田，几千万家鱼鸭边。

读屈原的《离骚》，会听到他不停念叨香草美人，正是从屈原开始，历代文人都喜欢在植物上寄托自己情感，胡乱爱上某种花卉或草木，最著名的例子便是"采菊东篱下"的陶渊明，还有

"何可一日无此君"的王子猷之爱竹。宋代周敦颐的《爱莲说》被选入了教材，于是是个中学生就记住了"予独爱莲之出淤泥而不染，濯清涟而不妖"。

明代的王冕喜欢画荷花，清代的八大山人和石涛也好这一手，到了近现代，齐白石张大千都是画荷花的高人。画品即人品，他们所以喜欢，不只是荷花容易入画，最适合用水墨方式，而是一种文化的寄托，是精神追求。荷花表现出来的人格符号，很容易被大众接受。

浮照满川涨，芙蓉承落光；接天莲叶无穷碧，映日荷花别样红，在中国古典诗人笔下，鲜艳的荷花可以醒目，可以沁人心脾，甚至连枯枝败叶也是别样风情。坐看飞霜满，凋此红芳年，林黛玉据说非常不喜欢前辈李商隐，可是不得不佩服那句"留得枯荷听雨声"，她能做的一件捣蛋事，是悄悄地将"枯荷"改成"残荷"，结果害得后人为此喋喋不休，有学问和没学问的都跑出来，不断地写文章考订，论证曹雪芹先生是否笔误。

　　有人喜欢在院内挖个小池子，或者干脆放口缸，供养几支荷花。红绿相间，螺蛳壳里做道场，多少有点小家子气。文人写小文章，画家画小品，道理差不多，都有玩的意味，格局却总是小，也没办法，说白了，艺术再高就那么回事。

　　　　　　2009年1月16日　河西

金湖看荷前记

　　印象中，父母没带我去过公园，好像没这份闲情雅趣。或许因为政治运动，他们对小资产阶级的生活方式，战战兢兢避免，处心积虑排除。逛公园不能算小资产阶级，事实上很多年，大家不明白什么叫资产阶级。大资产阶级容易理解，非常有钱的资本家，小资产阶级是什么，不清楚，反正心里有点怵，跟小资情调沾边的买卖，都躲着走。

倒是祖父带着去过好多次公园，老人没那么多顾忌，坐公共汽车，北海中山公园陶然亭紫竹院，哪空往哪去。记得喜欢坐在水边的石凳上看荷花，拄着拐杖，很专注的样子。荷花入暮犹愁热，低面深藏碧伞中，那是"文革"岁月，一老一少，镜头是黑白的，一位八十岁老人，一个略知唐诗宋词的中学生，仿佛跟当时年代没任何关系。

南京玄武湖边住了十六年，天天湖边散步。看民国年间旧书，知道这湖向来有荷花，赏荷本是民间活动，原来靠东边有一大片，后来少了，只有环洲附近还剩一些，黄昏散步必定路过。看荷叶露出尖角，看它一点点变化，大小蜻蜓飞着，开始有花苞，终于绽开，谢了，莲蓬逐渐变大，由绿转黄，变枯萎，再下来留得残荷听雨声，然后冬天到达，冷的时候结冰，冰面上残荷更好看。

一年一年，荷花给人十分寂寞的感觉。出淤

泥而不染，濯清涟而不妖，也就说说而已。还是唐太宗的《圣教序》地道，解释最清楚。桂生高岭，云露方得泫其华，莲出渌波，飞尘不能污其叶，不是桂本贞莲自洁，是它们依附的对象好，取法能够乎上，所以"微物不能累"，所以"浊类不能沾"。

有一年在微山湖遇上干旱，湖底开拖拉机。当地朋友说宋词中的"十里荷花"只能算小菜一碟，微山湖荷花才叫壮观。"误入藕花深处"，一进去就出不来。当时约定，以后有机会去看荷花，看个够。

一直没机会，转眼搬家十多年，玄武湖荷花再没赏过。去有荷花的好地方，时间都不对，只能看荷叶。心里惦记，偶尔做梦也想，何时痛痛快快去看一次荷花。

江苏金湖拥有全国最大的荷花荡，上万亩，品种齐全名目繁多，搞过多次荷花节。孤陋而寡闻，南京去金湖，远比微山湖近，高速公路，只要一个多小时。我是没多少情趣的人，喜静不喜动，不在乎游山玩水，心里虽有荷花，却懒得身体力行，当真去拜访。

正是南京大热之际，诗人育邦相约金湖看荷花。怦然心动，顿时有股清凉之意，说走就走。货真价实看荷去，不入藕花深处不回头。

2014年8月8日

窗前一丛竹

高楼大厦还不像今天这么多的年月，门前有几棵竹并不太难。城市中寻常人家，多是种植小竹子，细而疏淡的几簇，绝不会遮天蔽日。新松恨不高千尺，恶竹应须斩万竿，这是杜甫的名句，有人觉得松竹梅既为岁寒三友，查老杜诗中与竹有关的字眼，基本上都在热情歌唱，想不明白他为什么突然改口。

文人喜欢竹应该是从南北朝开始，在洛阳纸贵之前，竹子的最好用途只是写字。屈原《离骚》中提到了很多植物，常让今天的人绕不明白，比如江离、辟芷、留夷、揭车，很认真地查了古旧字典才认识，偏偏看不到最常见的竹。

显然过于平常的竹不入屈大夫的法眼，终于纸张代替了竹简，古人也开始爱上修竹。有节骨乃坚，无心品自端，人怜直节生来瘦，自许高材老更刚。有了文化渲染，人云亦云，传统因此而生，大家突然发现这玩意很适合抒情，太容易寄托个人理想。清朝的郑板桥喜欢画竹，作为一名处级干部，衙斋中卧听萧萧竹，仿佛听到了"民间疾苦"之声。

借居未定先栽竹，文人雅士眼中，竹子可爱，何恶之有。苏东坡说过，可使食无肉，不可居无竹，无肉令人瘦，无竹令人俗。对于竹一味拔高和称赞，这是文人努力的结果，是坐着说话不腰疼。凡事还得看人心境，黄芦苦竹绕宅生，不一定都赏心悦目。人可以做到不以物喜，很难不以己悲，事实上，如果窗前竹子太高太大，恰巧又竖在你家屋子的正南方，冬天北风狂叫怒吼，高大的竹荫把阳光完全挡住，这时候或许就可以读懂杜甫的诗。

在乡间租了一处房子，当时看中满山的翠竹，望着那一片绿，不禁雅兴大发，立马付了许多年租金。真在竹园中安家，很快意识到这竹长得太快。雨后春笋，说来就轰轰烈烈来了，劲道大势头猛，很沉重一块石头，轻易地便顶起来。难怪过去乡下盖房子，总要离竹园有一段距离，否则竹笋不久会从房间里冒出来。在我房子周围，都是碗口粗的高大毛竹，吃笋季节招亲唤友，买上两斤五花肉，随便挖一个便能烧一大锅，这已是我家春天的招牌菜。

长笋的时候，看它一截截往上蹿，舍不得斩，成了新竹更心疼。窗前有竹可喜可贺，我喜欢笋柱往上蹿的倔劲，更喜欢新竹翠绿。看新竹要耐心等待初夏，夏竹最漂亮。春天只能吃笋，是以旧换新的季节，竹叶又枯又黄，像秋天的柳树梢，春天之竹一无可看。

春天里百花齐放，飞莺舞燕招蜂引蝶，竹子要慢一拍，就不凑那份争春的热闹了。

2009年1月29日　河西

百年终竟是芭蕉

芭蕉与香蕉是兄弟姐妹，江南人眼里毫无瓜葛，香蕉应该到水果摊上去寻找，芭蕉叶大成荫，是点缀庭院的绿色植物。中国古典诗词中，芭蕉常与孤独忧愁为伍，特别适合离情别绪。如果要和后来的言情小说联系，那就是张恨水和琼瑶，有一点自艾自怨，满纸矫情和造作。是谁无事种芭蕉，早也潇潇，晚也潇潇，芭蕉最好是与南方的雨季配合，雨打在蕉叶上面，会给人一种听觉的冲击。

芭蕉没什么富贵气，与石榴一样，非常适合种在墙角，当然也不妨移栽窗前，有个小园子就能生长，非豪门方可独有。唐朝书法家怀素居住的寺庙周围尽是芭蕉，那庙便命名为"绿天庵"，取其绿色之胜。芭蕉能让"台榭轩窗尽染碧色"，李渔《闲情偶寄》曾说它让人风雅而免于庸俗，无论男女，只要坐在芭蕉底下，便可自然入画。《红楼梦》中的姑娘常用花卉来形容，譬如探春就自称"蕉下客"。

先秦的古人写字用刀刻在竹片上，一字一句皆辛苦，因此不得不字斟句酌，仔细打磨用心吟唱。写字方式也会决定写作态度，那年头的诗歌都得先肚里玩得滚瓜烂熟才行，不像今天张口就来提笔便写，电脑键盘上一阵胡乱敲打。在中国古代，红叶题诗是常见的行为艺术，是做秀给别人看，意淫成分居多，属于自吹自唱，是否真有其事很难考证。

芭蕉上写字赋诗也差不多，也是我娱我乐，但是却多了一些纪实，似乎有很强烈的可操作性。红叶通常只是一片小小的枫叶，写不了几个字，顶多来一首绝句，签个把人名，宽大的蕉叶想怎么写就怎么写，甚至可以抄一篇像模像样的古文。无事将心寄柳条，等闲书字满芭蕉，红叶太小，竹简上刻了字不能抹去重来，芭蕉叶却只要下场雨，上面的墨迹就"不烦自洗"，又成为可供练字的纸版。

后人形容怀素的书法，挥毫掣电随手万变，壮士拔剑神采动人。据说这超人的技艺，就是在芭蕉叶上苦练出来，怀素少年出家，是个好饮酒的"醉僧"，当和尚穷，没有那么多纸张可供练字，只能自带笔墨，进蕉林狂写不止。好在寺庙周围有近万株芭蕉供他折腾，写完这棵写那棵，临了，终于成了大书法家，成了"草圣"。

我对在芭蕉上练字始终持怀疑，古时候没什么炒作，文人为文，画家作画，常常都会很寂寞，因为寂寞，编些小段子娱乐一下也是人之常情。一位玩书法的朋友谈到此事，根本不相信芭蕉叶上练字的传奇，他的观点是真正书家用手指在空气中都能写字，心里有则有，知白守黑神明自来，否则终究是写字匠。

2009年2月1日　河西

买了垂丝海棠

在乡间居住，一到春天，最喜洋洋的事是赶庙会。兴冲冲去，灰头土脸回来，照例流一身臭汗。买几棵小树苗，买两根当地的土产青皮甘蔗，味道很淡，不好吃，还咬不动，老婆大人一定会买。

今年买了两棵垂丝海棠、一棵桃树。桃树门前已有两棵，种了不过四年，却已经很粗壮，又高又大，完全是老树模样。每每看着桃花灿烂，就有些激动，就想在空地上再补一棵。去年女主人冒雨在后山挖了棵正开花的小桃树，眼见着栽活了，红花继续开，绿叶也冒了，最后未能挺过夏天的酷热。当地农民说，一定要在树未开花前移栽，花开了，春心荡漾了，树便活不了。

常向别人吹嘘自己的田园生活，吹嘘房子周围的花木，除了两棵桃树，还有一棵果实累累的枇杷、两棵柿子树、两棵枣树、两棵橘子树、一棵山楂、一棵李子、一棵樱桃、一棵梨树、五棵紫薇。都是很便宜的价格买的，都是半大不小，除了桃树，都像没发育的小孩。

院子不大，都栽满了，仍然想见缝插针。一直想种海棠，不知道为什么，当地农民并不看好它，也许嫌长得太慢。农家门前常见的是红白玉兰，是枣树，是柿子树，更多的是桃树梨树。海棠很好看，花期也相对长久，偏偏就是没有人种。

每次去庙会，都会留心有没有海棠。正是植

树季节，一路上，可以看见买树苗的当地农民，玩杂耍一样使用各种运输工具。有时候，你会看见一棵树迎面而来，一张脸掩藏在绿叶中，那是载着树苗的摩托车，骑车人本事很大，身后还驮着位时髦女郎。卖树苗的农民来自各地，苏南苏北，江西安徽浙江，最远的居然会是四川。我喜欢跟他们聊天，总是忍不住问，为什么不带些海棠过来。

在花木公司曾见过一棵很漂亮的垂丝海棠，开价竟然要几千元。去年上过一当，卖树苗的说是海棠，买回去种了，长出叶子才知道是腊梅，到冬天居然开了几朵黄花。今天在庙会上终于看到了垂丝海棠，小蕾深藏数点红，已是含苞待放。还了价，五十元买两棵，心里暗暗得意，总算有海棠了，虽然只是小树苗。

海棠有很多种，最中意的就是垂丝海棠。小时候，很少会想到赏花，花开花落，不往心里去。这几年常在乡间住，与大自然亲近，逐渐成了赏花人。过去祖父在北京写信，常会提到一句，说海棠又开了，可惜你们不能过来赏花。祖父院子里有两棵大海棠，比花木公司见到的那棵大得多，开花时，偌大一个四合院都映红了。

2010年3月21日

樟之盖兮麓下

只要会嘀咕几句唐诗，都知道唐朝有位叫陈子昂的诗人。"前不见古人，后不见来者。念天地之悠悠，独怆然而涕下。"用今天的眼光看，诗人遗世独立，难免狂妄，难免不得志，结果只能暗自神伤，躲角落里偷抹眼泪。

说起陈子昂的结局，古书上有记载，不多，通常根据沈亚之的一封信。信中有个段子，说陈子昂与武则天侄子武攸宜不和，受迫害，最后被小人诬陷致死。沈亚之比陈小了差不多一百岁，都是唐人，记录八卦是不是靠谱，很难说。

总之一句话，陈子昂怎么死的不重要，重要的是有几句好诗，是那几句好诗中透露的不同凡响。后人知道沈亚之，不是由于他的才名，而是写到了陈，也就是说沾了陈子昂的光。此外，同时期著名诗人写过沈亚之，譬如李贺，譬如杜牧，还有李商隐，都曾赠诗给他，于是诗坛上留名。

这例子充分说明早在伟大的唐朝，玩名人或跟名人玩，都是不错的买卖。我今天提到沈亚之，不想谈如何和名人交往，想说的是沈诗中偶然写到樟树。古人与树木，跟今天不太一样，我们为了雾霾，忽然明白绿色植物的重要，一说起就是环境保护，就是清新空气。古人不太知道污染是怎么回事，寄情草木品味自然，感时花溅泪，恨别鸟惊心，只与个人情绪有关。

古人诗句中喜欢写柳，写桃花杏花，写梧

桐，真正描写樟的句子并不多。豫樟生深山，七年而后知，沈亚之有一句"樟之盖兮麓下，云垂幄兮为帷"，读了让人心生喜欢。这说明要写诗，能言别人所不言，写别人不乐意写的，另辟蹊径取巧，也可以文坛留名。当然话说回来，不多不代表没有，李白"挥手杭越间，樟亭望潮还"，白居易"富阳山底樟亭畔，立马停舟飞酒盂"，意思与沈的描写差不多，都是写樟树铺天盖地的外观。

今天我们看见一块空地，最强烈愿望是赶快种树，种什么树呢，种香樟。香樟是别名，臭樟也是，都是情绪化，其实香臭为同一种树。古人不喜欢樟，重要原因是缺少节气变化，一年四季绿油油，太单调。不宜房前屋后，太高太大，冬天遮阳，夏日不透风，只适合寂寞地长在空旷的村口。

历史上的南京多柳，无情最是台城柳，依旧烟笼十里堤。到了民国，引进法国梧桐，很快蔚为壮观。现在最多的是樟，春夏秋冬绿意盎然。

就个人喜好，说老实话，更中意柳和梧桐的风情万种，然而现代化高楼林立，少一些草地，少一些广场，多种高大的香樟树，用立体绿色对抗水泥森林，不失为一个好选择。

童年记忆中，南京马路旁都是梧桐树，遮天蔽日，下小雨出门不用打伞。后来砍了几千棵树，很惨烈，砍了也就砍了，老百姓有怨言，文章里只要写到，当地报纸照例不让刊登。于是怨言又多一种声音，文化人胆子太小，作家只会唱赞歌，都他妈吃软饭，连树被砍这事都不敢写。

南京的香樟曾经屈指可数，少得可怜。玄武湖东边，有过两三棵，十分高大，仿佛一个天然的凉亭。夏日里，我常在树下读书。人老了，回忆年轻时代，突然发现自己当年还真是用功的好学生。为什么大老远骑车去那读书呢，现在想想也仍然不明白。

上大学后，发现校门口那条汉口路，也树立着一长串香樟，骑车走过熟视无睹，并没觉得与满街梧桐有何区别。只是遇到下雪，才知道它的脆弱，梧桐冬天没树叶，香樟四季常青，一下雪就惨了，很粗的树枝都会压断。

因此南京大种香樟，真的很担心下雪天出问题。好在雪越来越少，大雪更少，积雪会压断一些树枝，与它带来的好处相比微不足道。两害相权取其轻，有利必定有弊，南京人引以为傲的法国梧桐，到春天飘毛絮，同样会给出行的市民带来痛苦和烦恼，该忍受还得忍受。

法国梧桐和香樟都是理想的行道树，时至今日，种树不仅仅面子工程，空气污染越来越严重，城市中每棵树都将成为救命稻草。香樟冠大荫浓，有很好的吸附粉尘能力，是天生的空气净化器，任何城市不会嫌多。想当年高楼不多，民居都矮房子，香樟冬日遮阳，直接影响民生，现在满眼摩天大厦，相对高楼的黑暗阴影，小巫见大巫，算不上什么。

樟之盖兮麓下，云垂幄兮为帷，旷野上，孤零零有一棵樟树才好看。香樟不宜成片，需要充足的生长空间，挨得太近，会相互恶性竞争。生长速度惊人，没过多少年，南京城的高大香樟随处可见，记得十五年前，刚搬进现在住的这小区，见不到一棵树。然后开始绿化，移来半大不小的香樟，转眼间绿树成荫。再然后越来越高大上，眼下树梢与五楼窗台已齐平。

不知道会长多高，好在是东窗下，不担心冬日阳光。写作疲倦了，常去观察香樟生长，看它一天天长高，看它开花，换新叶，生出绿色小果。小果引来许多小鸟啄食，有个问题始终想不明白，为什么果实最后熟了，反而没什么鸟来吃。成熟的香樟果光泽透亮，像紫色樱桃，让人有采摘试吃的欲望。当然只能是想，想想不被虫蛀的樟木箱，想想樟叶为原料制作的樟脑丸，想想连鸟都不愿意再吃，冒险的念头顿时全无。

2014年11月19日

春来遍是桃花水

　　中国可以称为桃源的地方很多，桃源者，桃花源也。都喜欢起类似名字，有文化的特别喜欢，一看到这几个字，没文化也立刻有了文化。因此我决定去桃源镇，人还没到，已经先喜欢了，印象中，桃花适合种山坡上，高矮起伏成片。桃源没山，桃树都种在路边，种在田野里。有很多桃树，正是开花季节，到处红红的。然而桃源更多樟树，无数绿樟树，密密麻麻，深绿远远地盖过了桃红。桃源镇最有特色的不是桃花，是樟树。桃源有三万五千亩树苗，百分九十以上樟树。

先说三万五千亩这个数目，桃源属于苏州吴江，离苏州不远，离上海很近，都知道江南鱼米之乡，寸土寸金，居然有这么多亩土地种树，这是个什么状况。据当地人介绍，树林面积还要进一步扩大，要发展到五万亩。其次说用途，这些树林有什么用。看见一些文字介绍，说要吸引旅客前来"体验樟木森林浴"，不由地觉得好笑。看上去通与不通的形容，最能抓人眼球，所谓森林浴，说白了，是让你花点钱，到这来呼吸新鲜空气。

也就是到"天然氧吧"的意思，吧是外来语，最流行的是酒吧，过去时髦，现在更时髦。这吧那吧一大堆，迪吧、琴吧、书吧、陶吧、网吧、氧吧，本义是小的具有特定功能的场所，主要特点还是小。天然氧吧没有小的含义，恰恰是指其大。当然，吧也可以引申为一种消费，一种有利于身心健康的花银子。

事实上，桃源樟树的最初起因，只是为了给上海提供树苗。绿化大上海的无数樟树，大家如果真想知道它的出处，答案就在桃源。桃源是上海的樟树基地，最初不过是几笔生意，结果生意越做越大，让桃源的老百姓赚得盆满钵满。现在说这地方富得流油，并不算夸张，很多老板家里已安装了电梯，三层高的小楼，有电梯，绝对土豪气十足。

漫步樟树林，依然还能感受到当年水田模样，水沟里还能看到漂浮的桃花。什么叫与时俱进，什么叫抓住机遇，种水稻的良田改种树苗，桃源的这个经验就是。有时候致富是硬道理，能够改良生态的致富，更值得推广值得推荐。过去习惯了以粮为纲，那是大家饿怕了，饿惨了。今天的现实告诉我们，吃饱不难，难的是生态环境正在被破坏，已经被破坏。

春来遍是桃花水，不辨仙源何处寻，不妨想

象，如果桃源提供的是桃树，春天来了，满上海都是桃花灿烂，这样多好。再仔细想想，桃花这玩意说没就没了，想绿色，想净化空气，遮天蔽日四季常青，当然还应该是桃源的樟树。

2017年4月11日

桃花飞尽东风起

　　十多年前，与友人为邻，一起在乡间租房子，躲避城市喧嚣。门前有片竹园，友人是画家，画水墨的，讲究视觉艺术，感叹说眼前有竹固然不俗，总是绿油油的，太素太单调，必须有色彩点缀。

　　于是种了三棵桃树，乡下树苗便宜，几块钱一棵，种下去，当年便开花，淡淡几朵。然后看着一天天长大，最初手指头细，很快小孩胳膊一样粗。不自己种植，不知道它们生长起来有多快。第二年迫不及待结果，也没几个，一点点大，长着长着都掉了，当时觉得很心疼。再然后，树的形状有模有样，到日子，三棵桃花红成一片，非常好看。

一开始挂不住果，花谢了，留下绿豆大小的桃子，挂满枝头。可惜童年期都夭折，也不知道为什么，心里着急，看它们中了魔法一样，突然僵住了，突然不再生长。绿叶越来越苗壮，越来越茂密，无数小桃子，最后剩不了几个。

按照当地农民建议，给桃树施肥。买鱼，跟卖鱼的顺带讨些鱼肚肠，还买过豆饼，小心翼翼服务侍候。转眼间，桃树开始疯长，树桩更粗更壮，翩翩少年变成结实壮汉。冬去春来花期到，满眼红色，衬着后面竹林，正所谓"桃花春色暖先开，明媚谁人不看来"。这时候，赶紧呼朋唤友，花期说来就来，说走就走，好日子一定要抓紧。

赏花时节，坐门前吃农家菜，喝乡下米酒，顿时小人得意。陶渊明爱菊，唐朝民众喜欢牡丹，宋儒周敦颐因为"出淤泥而不染"写《爱莲说》，其实往白里琢磨，红雨随心翻作浪，花无富贵贫贱雅俗，只要能开，都好看。

到收获季节，结了很多桃子，个头不小，有点像水蜜桃，也有点脆。口感朴实淳厚，不太甜，自家吃不了，摘了送人，别的不敢说，保证绝对绿色环保，没化肥农药。这年头，农家商家心里都知道，水果店卖桃子，怎么可能无化肥，怎么可能无农药。桃树很招虫，我们宁愿让虫子吃光，宁愿养虫子喂鸟，坚决不施农药。

与农民聊天，听说桃树寿命不过十年。不相信，事实果然这样，两年前，一棵桃树没任何征兆，突然不行了。去年又死一棵，剩下那棵老态龙钟，花还开果还结，再也不复当年健壮风光。估计也坚持不了多久，看它孤零零的模样，不免惆怅。千年银杏万年松，过去纠结好花不常开，春风桃李花开日，到时间来到时间去，想不明白也懒得去细想。现在终于觉悟，桃花飞尽东风起，病树前头万木春，植物世界有自己的游戏规则，根本不以尔等喜好为转移。

2015年3月8日

怀念柳树

我所居住的地方，如今很难得看到杨柳。附近的市民广场，在花岗岩和草地之间，移植了一株不大不小的杨柳树，每次看到风前柳态，都有一种久违的亲切。一树春风千万枝，嫩于金色软于丝。可惜形影孤单，与周围的环境不协调，起码是不够传统，因为水性杨花，柳树更适合长在水边。

历史上的南京有很多柳树，甚至我童年的记忆中，杨柳也像在唐诗宋词中一样随处可见。无情最是台城柳，这个城市无论如何变，无论遭受什么样的挫折，柳树还是柳树。秦淮河畔，各式各样的水塘边，无人的荒野，是地方就会添出几树垂柳。柳树天生适合用来表现沧桑，一旦发生战乱，战后萧条，只有一样东西会不经意间又生机勃勃成长起来，那就是苍凉的柳树。柳树目睹人间的悲欢离合，是历史的最好见证。我觉得柳树的性格，代表这个城市的传统，虽然历经磨难，怎么样都能活下去。

一个画画的朋友曾用古典来形容柳树，它比较了法国梧桐和柳树的姿态，指出它们枝条的生长方向是相反的，一个垂下来，一个向上。一百年前，南京还见不到已反客为主的法国梧桐。今天所见到的这些学名为"悬铃木"的梧桐，确确实实来自法国，是二十世纪二十年代末修建中山陵，从上海法租界花巨资购买的树苗。法国梧桐改变了南京的品味，在传统的伤感中，它增加了一些民国的华贵气。这个古老的城市有了枝条向上的梧桐，顿时发生根本的变化，用时髦的话来说，也是一种断裂，在今天，梧桐比杨柳更能代表这个城市。

城市中的绿色十分重要。树木的洋化不一定是坏事，从造福市民的角度来看，法国梧桐代替杨柳，显然是很好的进步。烈日炎炎，骑车族从巨大的梧桐树荫下走过，会少几分火气，多一丝凉意。不管怎么说，还是非常怀念杨柳，它不仅能让我回忆童年，更能让我幻想自己并不曾经历过的历史。现在，这个城市正在流行草地，和柳树梧桐相比，碧绿的草地更富贵气，是不是真好，就很难说。草地太像摆设，容不得我们亲近，常常只能作为摄影时的背景，而且老得有人在那儿把守，在那儿除杂草，在那儿浇水。也许我们人多，可以不珍惜人力，不过，草地多少还是有些华而不实。

柳树是丰子恺漫画中重要的元素，没有柳树，或许就没有丰子恺。记忆中，他的住处就好像用"小杨柳屋"命名。杨柳不是南京才有，更不是江南才有，只要有水气的地方，杨柳便能顽强地生存下来。中国传统树木中，常见的是杨柳、松柏、翠竹，还有桃树、李树。刘禹锡《杨柳枝》有这么一句："城中桃李须臾尽，争似垂杨无限时。"桃红李白，春意盎然，都是风头一出也就完了。好花不常开，柳树反倒更值得咀嚼玩味。

2003年3月2日

紫金庵的小叶黄杨

东山作为地名很常见，百度搜索，立刻会跳出好多个。南京人说起东山，一是地名，江宁区政府所在地，一是历史人物，东山再起指挥淝水之战的谢安。

苏州也有个东山，在说吴语的江浙人心目中，名气要更响一些，前后到过许多次，印象却谈不上深刻。都说苏州好，光周围乡下风景，就玩不够。印象深的是周庄，是同里，是角直。为什么对东山印象不深，没仔细想，今年秋天又一次去，与当地人聊天，当地人无话可说，很不屑，懒得回答。这问题有些蠢，印象深不深，心里有和无，是你自己的事，与他人何干。

东山有个雕花楼，每次被动参观，说老实话，不喜欢它的土豪气息。东山有碧螺春，太高级太昂贵。东山有太湖蟹，媲美阳澄湖大闸蟹。我好歹也是有点情怀的读书人，岂能为了口福满足，吃了正宗的碧螺春，吃了肥腻的太湖蟹，就对这地方念念不忘。

此次在东山盘桓三日，不是匆匆一日游。去周庄、同里、角直，一日游最合适，景点集中在小镇上，几条临水的街走完，几个有故事的大户人家应过卯，行程基本结束。春风得意马蹄轻，因为集中，也容易记住，东山不一样，必须住上几天，认真去琢磨。不值得看的反倒是小镇，虽然也是古镇，你应该去周围，东山过去是岛，现在是半岛，三面环水到处青山，从镇上往外走，豁然开朗，去哪都会好看。

　　功夫不负有心人，三天看下来，耳目一新，终于有几处地方印象深刻。最难忘是紫金庵，两株一千五百多年的小叶黄杨，让我一直惦记。庵离小镇不远，藏在一片青山之中，山上都是橘树，都是枇杷树，满山果树是东山特色，果林深处藏一个精致的古庙，很意外小庙称庵，通常住着尼姑，紫金庵没尼姑，也没和尚。说起来，居然可追溯到唐朝，有南宋的彩绘罗汉，国家级历史文物。门口一块"文革"期间的碑，落款"吴县革命委员会"。我们都知道"文革"打倒一切，许多历史文物化为灰烬，这块堂而皇之的"文革"告示，足以说明当地人对历史的敬畏。

　　小叶黄杨十分常见，种在路边，夹道小灌木长成参天大树，不可思议。树龄百年以上就可以算作古树，古树不稀罕，有历史的地方都能见到。有古树必有传说，必有故事。地气殊异，江山炳灵，紫金庵里小叶黄杨，神奇身世让人感慨时间沧桑，同时也非常励志。树犹如此，人何以堪，原来那些千年古树名木，除了常见的柏树、松树、槐树、银杏，连路边不起眼的灌木小叶黄杨，也一样能够悄然跻身其中。

2016年10月12日

邳州银杏甲天下

二十世纪八十年代，住南京玄武湖附近，每天湖边散步，路线固定，必定经过一株巨大的银杏树。据说这树分雌雄，男女齐全阴阳互补，才会结果。玄武湖不缺参天古木，只有这一棵大银杏树，却照样结果，硕果累累，为什么，一直没想明白。

印象中，银杏树很孤单，很清高，最适合与

深山古庙为伴。进了山门，一棵粗大的银杏树映入眼帘，有这样一棵古树，古庙历史不言而喻。我喜欢银杏树，喜欢它的孤单和清高。每当叶子开始泛黄，心里忍不住惦记，再过几天，银杏叶要往下飘落了。

秋天走向深处，银杏树是计时器，看叶片一点点泛黄，越来越黄，成为黄金色。于是便有些伤秋，耳边似乎听到银杏叶在坠落，当然，只是感觉听到动静，与"留得残荷听雨声"一样，其实是个念想，你根本没听到什么声音。

银杏成熟了，有人在树下捡白果，白发苍苍老太太，穿花衣服的小女孩。我喜欢这情景，只有这样，你才不会感到银杏树的孤单。一个人思维常会成为定式，春风桃李花开，秋雨梧桐叶落，银杏叶黄了，美固然美，多少还是凄美。满地翻黄银杏叶，那萧瑟那凄凉，怎一个愁字了得。谁怜流落江湖上，玉骨冰肌未肯枯，这是李清照笔下的银杏。

然而，若有机会去邳州，已有的观点会彻底

颠覆。邳州是银杏之乡，有五十万亩银杏，连成片的区域，竟然有三十万亩。什么概念呢，就是一旦进入了银杏林，如同走进一片金色海洋，没人带路，你很可能再也走不出来。这里的银杏树太多了，不说不知道，一说吓一跳，人均两百多棵，总数目已经过亿。

银杏已是一些城市的"市树"，自从出现了银杏大道一词，银杏树越来越多，越来越寻常可见。它的失意形象完全改变，在过去，花自飘零水自流，银杏树是一位寂寞落单的美人，现如今，铺天盖地的银杏树，把秋天装扮成了节日。邳州的银杏节，一场盛大嘉年华，人山人海，到处金光闪闪，到处欢声笑语。"邳州银杏甲天下"的标语口号，到处都是，太疯狂了。

许多城市开始有自己的银杏大道，秋天落叶那几天，人们不再像古人那样伤秋，除了在自己城市欣赏，还会开车自驾，不远千里万里，赶去邳州参加银杏节。我们有幸躬逢其盛，有幸见到了市长。这位父母官向我们透露，目前国内许多城市的银杏大道，追根溯源，其实都出自邳州。

"邳州银杏"像阳澄湖大闸蟹那样，早已在圈内成为著名品牌。广种银杏也就几十年历史，邳州银杏不只改变邳州的生态，也美化了其他城市。说起银杏，市长并没有重复"邳州银杏甲天下"，不过他的表情里面，俨然都是这个意思。

2017年11月10日　邳州

门前的杏树

　　我也算是有个乡间别墅，不是豪宅，没产权，租的，很适合度假。别墅的别，意思是另外，我们说别人、别字、别开生面，都是表示在本尊之外。换句话说，所谓别墅就是生活中第二居所。这只是我的解释，查百度，已有别的定义，更加权威：

改善型住宅，在郊区或风景区建造的供休养用的园林住宅。是用来享受生活的居所，是第一居所。普遍认识是，除"居住"这个住宅的基本功能以外，更主要体现生活品质及享用特点的高级住所，现代词义中为独立的园林式居所，都是独立成栋的。

根据这定义，我的别墅既是，又不是。先说是，在郊区，独立成栋，可供用来享受，有园子，有很多树木，春花秋月，有点雅趣。再说不是，不是第一居所，不高级，不值钱，农村的乡间小楼，下雨天漏雨，冬天漏风，很冷，夏天特别热，像蒸笼。这个冷和热都难熬，冬夏基本是放弃。住别墅，光膀子赤大膊，裹粽子一样穿厚棉袄，多少有点狼狈。

别墅门前，有亲手栽种不同的果树。春天来了，赶附近庙会，非常便宜地买树苗。种了就能活，就会开花，就能结果。说起来伤心，三棵桃树，开无数花，结很多桃子，然后一棵一棵老了死了。枣树很高很大很漂亮，却得了一种奇怪的枣疯病，不得不请人砍掉。一棵山楂树，满树红红的山楂果，前年夏天太热，干死了。

东南角有一棵不起眼的杏树，当初随意栽种，种下去就活，渐渐长大。不像同时种的桃树引人注目，三棵桃树怒放，满园都是桃花。桃树没了，枣树没了，山楂没了，这棵杏树依然郁郁葱葱，遮天蔽日。今年开花那几天，只是匆匆看了几眼，有点感叹，自己太忙乱，没时间欣赏，除了杏树在盛开，一株垂丝海棠也含苞待放。

春夏之际特别紧张，手头写的《南京传》要结稿，新出版的图书要宣传，老母亲生病住院，根本没时间。别墅是给人住的，要有人住，越不去，越害怕去，越不想去。其间去过一次，满树杏花早没了，挂了很多青杏子，从树下经过，老眼昏花，分不清绿叶青果。

再然后，就是前天下午，总算下定决心，要去享受两天别墅。刚进园子，一股浓郁的酸味，走到杏子树下，才发现满地杏子。今年是杏子大年，抬头看，树上还挂着不少黄杏。一棵十多年的杏树，结这么多果实，真让人意外。

住别墅，种花草，人生难得一份闲心。面对这杏树，难免心存愧疚，触景生情。多好的一棵树，寂寞地开花，寂寞地落果。我毕竟是个俗人，看庭前花开花落，宠辱不惊，望天上云卷云舒，去留无意，古人的高雅境界，很难达到。

2018年6月5日　三汊河

图书在版编目（CIP）数据

折得疏梅香满袖 / 叶兆言著. —济南：山东画报出版社，
2019.5（2021.4重印）
（双峰文丛）
ISBN 978-7-5474-3107-8

Ⅰ.①折… Ⅱ.①叶… Ⅲ.①散文集－中国－当代 Ⅳ.①I267

中国版本图书馆CIP数据核字（2019）第038324号

折得疏梅香满袖
叶兆言　著

丛书策划	李文波
项目统筹	怀志霄
责任编辑	徐峙立
装帧设计	蔡立国

出版人	李文波
主管单位	山东出版传媒股份有限公司
出版发行	山东画报出版社
社　址	济南市市中区英雄山路189号B座　邮编 250002
电　话	总编室（0531）82098472
	市场部（0531）82098479　82098476（传真）
网　址	http://www.hbcbs.com.cn
电子信箱	hbcb@sdpress.com.cn
印　刷	三河市华东印刷有限公司
规　格	130毫米×185毫米
	10.25印张　154千字
版　次	2019年5月第1版
印　次	2021年4月第2次印刷
书　号	ISBN 978-7-5474-3107-8
定　价	58.00元

如有印装质量问题，请与出版社总编室联系更换。
建议图书分类：文学